SV

Uwe Johnson
Inselgeschichten

Herausgegeben von
Eberhard Fahlke

Suhrkamp

Schriften
des Uwe Johnson-Archivs
Band 5

Erste Auflage 1995

Druck: Wagner GmbH, Nördlingen
Printed in Germany

Inhalt

I

Ach! Sie sind ein Deutscher?

Ein Fremder besucht die Insel Sheppey in der Mündung der Themse, er geht dort spazieren auf den Strassen der Stadt Sheerness-on-Sea. Es ist eine kleine Stadt, die Bewohner kennen einander. Woran erkennen sie den Fremden? Er kauft einen Stadtplan, er muss seinen Weg suchen. Er sieht mehr die Häuser an als die Leute, er erwartet kein Gespräch mit Bekannten. Er geht an einem Werktag müssig, er ist ein Besucher von auswärts. Woher kann er kommen? Vom Festland, aus London, aus einer anderen Grafschaft. Dann ist er ein Engländer wie die Einheimischen, er gehört zu ihnen. Er kann mit der Fähre aus Holland gereist sein, dann ist er ein Tourist, Touristen sind willkommen in Sheerness. Wann werden die Leute von Sheerness es genau wissen? Wenn er den Mund aufmacht.
Der Fremde hält den Mund. Er hat gelächelt, als der Verkäufer ihm den Stadtplan in die Hand gab, denn der Verkäufer hat gelächelt. Ihm wurde ein freundliches Wort gesagt über das Sommerwetter, er hat nur einverstanden genickt. Kann er kein Englisch? Er kann sich verständigen in dieser Sprache. Aber er weiss, woher er kommt. Er hat in der Tasche einen deutschen Pass. Der Krieg mit den Deutschen ist dreissig Jahre her und vorbei, er denkt an diesen Krieg. Auf dieser Insel gab es den Flugplatz Eastchurch, den haben die Deutschen bombardiert; es gibt Tote bei Luftangriffen und es wird sie geben im Gedächtnis der Bürger von Sheerness. Über diese Insel hinweg schossen die Deutschen ihre Raketenbomben nach London; die Bewohner der Insel werden sich erinnern an das tödliche Pfeifen. Dieser Deutsche war damals ein Kind, sein Vater war nicht bei der Luftwaffe der Deutschen; er bleibt ein Deutscher, einer von den Feinden. Er erwartet kein Willkommen auf dem Broadway von Sheerness. Er erschrickt, als eine Dame ihn anspricht, denn nun muss er antworten, sie wird ihn erkennen als einen Deutschen, sie wird sich abwenden von ihm, das wird sein wie ein Schlag ins Gesicht.

– Entschuldigen Sie, mein Herr: sagt die Dame.

Er antwortet, wie er es gelernt hat in der Schule, das gibt viele

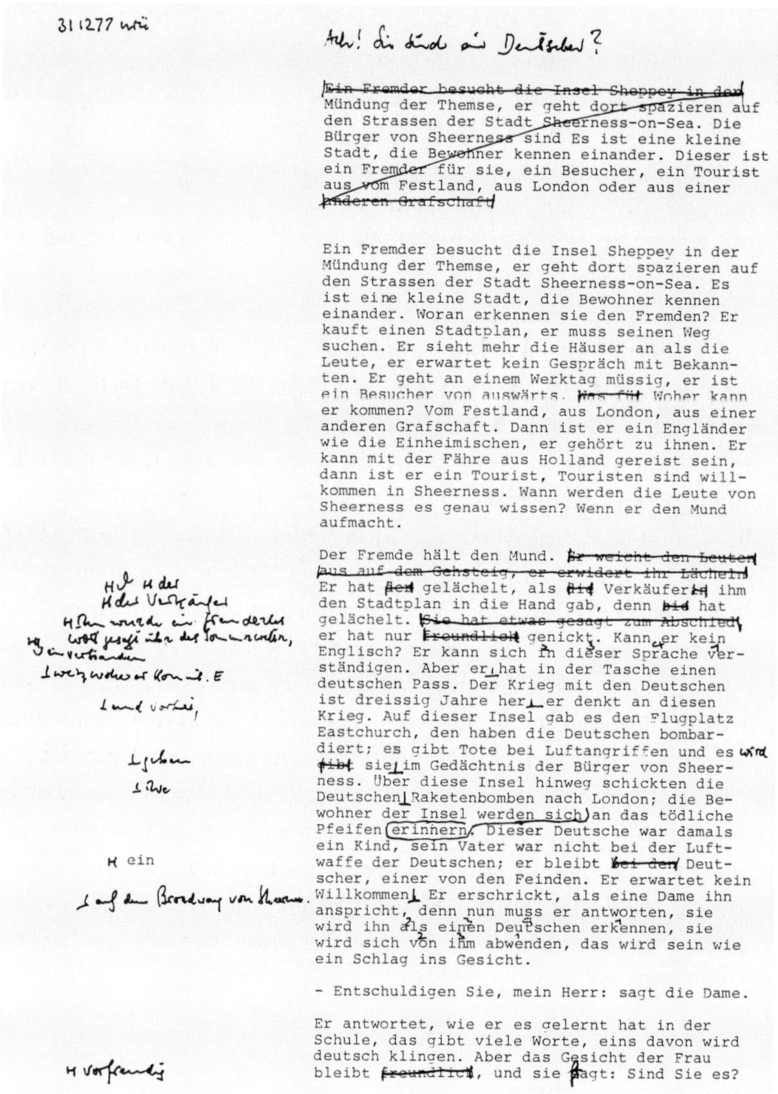

Ach! Sie sind ein Deutscher?

~~Ein Fremder besucht die Insel Sheppey in der~~ Mündung der Themse, er geht dort spazieren auf den Strassen der Stadt Sheerness-on-Sea. Die Bürger von Sheerness sind Es ist eine kleine Stadt, die Bewohner kennen einander. Dieser ist ein Fremder für sie, ein Besucher, ein Tourist aus vom Festland, aus London oder aus einer ~~anderen Grafschaft~~

Ein Fremder besucht die Insel Sheppey in der Mündung der Themse, er geht dort spazieren auf den Strassen der Stadt Sheerness-on-Sea. Es ist eine kleine Stadt, die Bewohner kennen einander. Woran erkennen sie den Fremden? Er kauft einen Stadtplan, er muss seinen Weg suchen. Er sieht mehr die Häuser an als die Leute, er erwartet kein Gespräch mit Bekannten. Er geht an einem Werktag müssig, er ist ein Besucher von auswärts. ~~Was für~~ Woher kann er kommen? Vom Festland, aus London, aus einer anderen Grafschaft. Dann ist er ein Engländer wie die Einheimischen, er gehört zu ihnen. Er kann mit der Fähre aus Holland gereist sein, dann ist er ein Tourist, Touristen sind willkommen in Sheerness. Wann werden die Leute von Sheerness es genau wissen? Wenn er den Mund aufmacht.

Der Fremde hält den Mund. ~~Er weicht den Leuten aus auf dem Gehsteig, er erwidert ihr Lächeln~~ Er hat ~~den~~ gelächelt, als ~~die~~ Verkäufer~~in~~ ihm den Stadtplan in die Hand gab, denn ~~die~~ hat gelächelt. ~~Sie hat etwas gesagt zum Abschied,~~ er hat nur ~~freundlich~~ genickt. Kann er kein Englisch? Er kann sich in dieser Sprache verständigen. Aber er hat in der Tasche einen deutschen Pass. Der Krieg mit den Deutschen ist dreissig Jahre her, er denkt an diesen Krieg. Auf dieser Insel gab es den Flugplatz Eastchurch, den haben die Deutschen bombardiert; es gibt Tote bei Luftangriffen und es wird ~~gibt~~ sie im Gedächtnis der Bürger von Sheerness. Über diese Insel hinweg schickten die Deutschen Raketenbomben nach London; die Bewohner der Insel werden sich an das tödliche Pfeifen erinnern. Dieser Deutsche war damals ein Kind, sein Vater war nicht bei der Luftwaffe der Deutschen; er bleibt ~~bei den~~ Deutscher, einer von den Feinden. Er erwartet kein Willkommen. Er erschrickt, als eine Dame ihn anspricht, denn nun muss er antworten, sie wird ihn als einen Deutschen erkennen, sie wird sich von ihm abwenden, das wird sein wie ein Schlag ins Gesicht.

- Entschuldigen Sie, mein Herr: sagt die Dame.

Er antwortet, wie er es gelernt hat in der Schule, das gibt viele Worte, eins davon wird deutsch klingen. Aber das Gesicht der Frau bleibt ~~freundlich~~, und sie sagt: Sind Sie es?

Erste Seite des Typoskripts,
geschrieben am 31. 12. 1977 in Neustadt am Rübenberge.

Worte, eins davon wird deutsch klingen. Aber das Gesicht der Frau bleibt vorfreudig, und sie fragt: Sind Sie es?
Im Englischen kann das heissen: Bist du es? So hat er es gehört in der Stimme der Frau.
– Ich bin es nicht, gnädige Frau: sagt der Fremde in den vielen Worten, die die Schule wollte, und all die nationale Mühsal mit dem britischen *th* kommt heraus. Der Blick der Dame bittet ihn um etwas, und sie sagt:
– Wenn du es bist, so ist dein Name Charlie Baker, und du warst auf dem Flughafen Eastchurch, und du weisst das Jahr 1940, und dann musstest du nach Schottland, und ich bin – du weisst, wer ich bin.
Der Fremde weiss das Jahr 1940, das Jahr der ersten Bomben. In den Augen der Frau sieht der Deutsche aus wie jemand, der war achtzehn Jahre alt im Krieg, und weil er sie verlassen hat, soll er wiedergekommen sein. Sie glaubt dem Fremden nicht seine sechs Jahre von damals, sie überhört seine germanische Aussprache, denn er soll ein Charlie Baker sein, der blickte wie er, der ging wie er. Sie war ein angenehmes Mädchen vor dreissig Jahren, und Charlie war ein Dummkopf, denn sie hat dreissig Jahre lang gewartet auf ihn. Nun muss der Fremde die Wahrheit sagen, für ihn und für sich.
– Es tut mir so leid: sagt die Frau. – Sie sind ein Gast des Landes, Sie sind bei uns in den Ferien. Und da bin ich und belästige Sie; es ist nicht üblich bei uns, dass wir einen Fremden anhalten auf der Strasse. Sie müssen mir glauben! Denn wir hatten einen Flughafen Eastchurch, da arbeitete ein junger Mann, der war wie Sie... Werden Sie mir verzeihen?
Der Deutsche weiss nun nur noch wenige Worte, als er Abschied nimmt von Charlie Bakers Mädchen, und es sind die falschen Worte.
– Manche kommen einmal zurück: antwortet sie traurig, und höflich sagt sie: Seien Sie willkommen auf der Insel Sheppey! Seien Sie willkommen in England!

Ein Vorbild

Diese Mitteilungen hat Jonathan mir erlaubt, »denn sie gehen ja nicht über mich«, auch weil er einen gänzlich anderen Namen führt im Alltag seines Berufs, von dem er sich ausruhte im September vor zwei Jahren, vor sich ein Bier, wie wir fünf anderen auch, behaglich in der Pause zwischen der Arbeit und den Forderungen, mit denen später die Familie auftreten wird. Ein wenig tut er uns leid, weil er an diesem Tag früher in sein Auto steigen muss, um seiner Frau einen Willen zu tun; wir mögen ihn für eine Zeit vergessen haben in dem faulen Gespräch über das amtliche Verbot, den Rasen zu begiessen, meiner ist wahrhaftig angebrannt, der kann die Mütze Regen gebrauchen, die der Wind nun über der Insel ausschüttet.

Jetzt, zwei Kilometer weiter östlich, auf einer fast unbefahrenen Strasse, bockt Jonathans Auto, stösst ihn durch die Windschutzscheibe und lässt ihn ein paar Meter über den schartigen Beton rutschen, dass die Haut kräftig aufplatzt. Das Bewusstsein ging weg, als der Kopf zum ersten Mal aufschlug, sehr zur Erleichterung Jonathans, denn unverhofft war da ein zweites Auto auf der Fahrbahn, besetzt mit einer Frau und vielen Kindern, nun leicht eingedellt von dem Jonathans; mit solcher Erinnerung wäre er ungern aufgewacht. Auf unsere Nachrufe kann er sich verlassen, seine Frau desgleichen: Er hatte doch bloss drei Halbe: sagen wir, und: Es muss diese Husche Regen gewesen sein. Was einem so einfällt zu einer, die ist vielleicht in einer halben Stunde von Beruf Witwe. An dieser Stelle, mit dem Anpreschen von Ambulanz und Polizei, wäre die Geschichte zu Ende gewesen in mancher anderen Gegend.

Aber sie stellen es anders an auf der Insel Sheppey. Die Fahrerin des anderen Wagens, statt erst einmal eine Zeichnung anzufertigen und die Anklage gegen Jonathan zu proben, sie lässt den Krankenwagen holen für ihn und steht wahrhaftig dabei, als er verladen wird. Sie hat etwas anzubieten, nämlich einen seiner Schuhe, der lag an die fünfzehn Meter von Jonathans Wrack entfernt; hoffentlich werde er ihn noch brauchen können. Ihrem Mann reichen weder die Verwir-

rung der Kinder noch die verregnete Frisur seiner Frau zu dem Entschluss, Mrs. Jonathan vorsorglich anzubrüllen, vielmehr übergibt er ihr seine Karte und verspricht, ihr behilflich zu sein bei den Verhandlungen mit der Versicherungsgesellschaft. So hat Jonathans Frau etwas in der Hand, als sie mit dem nahezu Leblosen abgefahren wird ins Unfallkrankenhaus.
Das aber steht nicht auf der Insel, sondern gut und gern sechzehn Kilometer entfernt in Gillingham, und dennoch hatte Jonathans Frau bald jemanden zur Seite vor der Tür, hinter der er womöglich starb unter den Messern. Der hatte neben ihm an der Theke gestanden, nun log er die drei halben Liter um in einen und ein Viertel, der gab Jonathan für seine Fahrkünste das Prädikat Künstlerisch wertvoll, und vor allem beglückwünschte er sie dazu, dass den Kindern im anderen Wagen schlimmsten Falles ein Härchen gekrümmt worden war. Gegen Mitternacht, während der zweiten Notoperation, misslang es ihm schliesslich, sie abzulenken von der Überlegung, wie handlich doch gelegentlich ein Vertrauen in einen Gott sein möge, falls vorhanden, jedoch verschlug von Zeit zu Zeit ein Hinweis auf das blinde Lächeln, das Jonathans Gesicht überschwemmte, soweit die Sauerstoffmaske das sehen liess. Dann wieder war das Röcheln in dem stramm eingeschnürten Brustkorb zu hörbar gewesen. (Das ging später über Jonathans Begreifen: der sollte fast die ganze Nacht im Korridor der Klinik gehockt haben? auf den Fersen? ohne zu rauchen? – Wenn da doch bloss ein Stuhl stand: versetzt der, schnippisch geradezu.)
Erst einmal lassen die Chirurgen offen, ob wir je noch etwas besprechen werden mit Jonathan, am Ende ein Totalschaden wie sein Auto, und als seine Frau gegen Morgen abgeliefert wird zu Hause, findet sie die neue Sorge, wie sie denn wieder zu ihm kommt in der Ferne, rascher als mit der geldgierigen Eisenbahn. Wer dann anrief, war die Kontrahentin, die Fahrerin des anderen Wagens, und bot Jonathans Frau statt Rachsucht ihren Zweitwagen zu leihen an. Was für eine Verlegenheit! Denn Jonathans Frau versteht sich nicht darauf, ein Auto zu fahren, dazu hat sie ja ihn. Nun hat sie ihn nicht. Von diesem Morgen gab es einen privaten Taxidienst für sie,

da konnte sie anrufen rund um die Uhr bei Nachbarn, Freunden, Bekannten, zweimal am Tag sass sie an Jonathans Bett. (Als sie ihn zurückbekam, war ihr Haushalt die ganze Zeit am Leben gewesen. Hilfe bei den Kindern, beim Einkaufen, der Bewachung des Telefons, all das gehörte beiläufig zu dem Hilfsnetz, das um sie gespannt war.)
Die sie zum Krankenhaus fuhren, für manche von ihnen mag Jonathan auch der Vorgesetzte gewesen sein, der wird zurückkommen mit Lob oder Tadel. Das stimmt für zwei Bengels, die sich einen Lieferwagen der Firma unter den Nagel rissen, die rutschten gewiss mit Spass über die Autobahn, auch über die längere Strecke zu einem anderen Krankenhaus, auf Vergnügungsfahrten mit einer zuverlässigen Ausrede. Aber es war nicht jene Sorte Schüchternheit, mit der sie seinem Bett näher traten. Wollen wir sie der Neugier verdächtigen? Denn Jonathan hatten Lungenwunden und sieben Rippenbrüche aufgehen lassen zu einem Götzen, Wulst quoll da um Wulst, wie bei der Reklamefigur für ein Gummiprodukt, unverfroren sagten sie ihm das ins Gesicht, obwohl über ihm hätte eine Tafel hängen sollen mit der Aufschrift: BITTE, NICHT ZUM LACHEN REIZEN. Zu rühmen ist an allen ihre Tapferkeit gegenüber den Schildern, die dort tatsächlich angebracht waren in boshafter Vielzahl: WIR WÜRDEN ES ZU WÜRDIGEN WISSEN, WENN DIE PATIENTEN UND IHRE BESUCHER SICH DES RAUCHENS ENTHALTEN WÜRDEN. Es ist so ungefähr die strengste Formulierung. Da standen sie, die Blechschachtel mit Tabak und Papier in der Tasche, die Finger am Feuerzeug, und enthielten sich des Rauchens. Weiterhin befolgten sie die ärztlichen Auflagen und vergassen kein Mal Tabakwaren in der Nähe von Jonathans Bett. Ihr Vertrauen zur Medizin war nicht völlig blind. Sie kannten die hier zusätzlich erforderliche Arznei und überreichten dem Verletzten kleine Fläschchen ohne Etikett, deren Inhalt gemahnte an Mineralwasser, an Tee. Es sollte ihm an nichts fehlen, wenn es nach ihnen ging.
Die Behörden waren gleicher Massen bemüht. Jene Gruppe der Streitkräfte, bei der Jonathans ältester Sohn dient, fahndete nach ihm mit Aufrufen und Anschlägen in den Häfen, in denen er beim

Anfang eines Urlaubs vermutet wurde; am nächsten Morgen hatte der Offizier für die Pflege der Beziehungen zur Zivilbevölkerung ihn an Jonathans Bett. Eine andere Behörde war eher ratlos, die Polizei. Die Ursache für den Unfall war ihr unerfindlich, und sie suchte Jonathan auszuhorchen. In seiner Unschuld weiss er bis heute nur den Beginn eines neuen Lebens mit festgebundenen Händen und Schläuchen in den Venen. Also wurde gegen ihn ermittelt, und ohne Fehl bekam Jonathan ein paar Strafpunkte auf seinen Führerschein, an Stelle jenes Gebrauchtwagenhändlers, der ihm eine Maschine mit defekter Steuerung angedreht hatte. Vorläufig rief ein Hauptkommissar regelmässig an und liess ihm ausrichten, dieser krumme blöde Hund *(silly old bugger)* möge sich gefälligst am Riemen reissen, gewiss keine Ausdrucksweise für die gebildeten und anmutigen Lippen einer Lehrschwester, und sie unterschlug ihm kein Wort. Dienstlich befragt, ob er unter Schmerzen leide, antwortete er wie jener legendäre Indianer, der von vielen Pfeilen an einen Baum genagelt stand: *Only when I larf.* Bloß wenn'ch lache.

Das sagt er heute noch. Einmal setzte er hinzu, träumerisch verwundert: Hab ich nicht gewusst, dass ich so viele Freunde hab auf der Insel.

Mittlerweile ist die Schonzeit vorbei, man darf ihn hart anlassen wie früher und ihm erläutern, wie es andererseits sich verhalten könnte: Nachbarn, meinst du, Jonathan. Nachbarn!

Die Freizeit-Einrichtungen auf der Insel sind für Jugendliche entweder zu teuer oder mangelhaft, so dass manche in unbewohnte Häuser einsteigen und das Vorgefundene beschädigen bloss aus Langeweile, so zum Spass. Zwar haben mir Freunde einen Wachdienst versprochen, und wir werden uns darauf verlassen können.

Denn hier ist es hässlich. Es regnet nun endlich (dennoch sollen wir mit Wasser sparen an höchst unerwarteten Stellen), und bei einem solchen Regenguss ist einer meiner Freunde in einen Autozusammenstoss geraten, von dem weiss er heut noch nichts, als dass er im Krankenhaus an drei Kissen gelehnt hängt, von den verschiedensten Schläuchen am Leben gehalten. Er hat sich für einen guten Fahrer gehalten, und sein mürrisches Grinsen erinnert mich an jenen legendären Indianer, der von vielen Pfeilen an einen Baum genagelt stand. Befragt, ob es schmerze, versetzte er: Bloss wenn ich lache. *(Only when I larf).*

Für diesen Kranken also ist innerhalb einer halben Stunde von seinen Freunden ein Hilfsnetz gespannt worden. Seine Frau wurde nicht allein gelassen im Krankenhaus. Die Fahrerin des anderen Wagens bot ihr einen Leihwagen an. Dann brachte sie einen der Schuhe des Verunglückten an, und ihr Mann wollte gern behilflich sein bei den Versicherungen. Es gibt einen privaten Taxidienst für die Frau des Verletzten, da kann sie beliebig anrufen. Dann stehen unglückliche Männer für Stunden in den Gängen des Krankenhauses, gnadenlos geneckt von den zahlreichen Schildern: WIR WÜRDEN ES ZU WÜRDIGEN WISSEN, WENN DIE PATIENTEN UND IHRE BESUCHER SICH DES RAUCHENS ENTHALTEN WÜRDEN. Es ist so ungefähr die strengste Formulierung. Nicht rauchen! Und sie harren aus, statt vors Haus zu gehen, bloss um zur Stelle zu sein. Die Polizei selber in Gestalt eines Hauptkommissars lässt ihm telephonisch ausrichten, dieser blöde krumme Hund *(silly old bugger)* möge sich gefälligst am Riemen reissen, und die jüngferlichen Lippen der Schwester unterschlagen ihm kein Wort. Sogar die Royal Air Force, bei der der älteste Sohn dient, war willig, ihn mit Ausrufen und Anschlägen in Harwich von einer Europareise abzuhalten, und erkundigte sich am nächsten Morgen besorgt, ob er denn nun in der Nähe des Krankenbettes sei, und zeigte sich sehr angetan von einem Erfolg. Hilfe bei den Kindern, beim Einkaufen, Telefondienst, das sind so die selbstverständlichen Sachen, und ich wüsste keine Gegend, in der so Verlass wäre auf Freundschaftsdienst oder Solidarität überhaupt und komme mir vor wie in einer moralischen Utopie. Von mir selbst, am Beispiel anderer weiss ich, dass dies kein Einzelfall ist. Es ist ziemlich bedauerlich, dass die Bekanntschaft mit vielen Leuten der Insel und die Pflichten des Gastes mich abhalten werden, je etwas über die Gegend zu schreiben. Zustände loben, so schwer es sein kann, hier wäre es leicht. [3. Oktober 1976]

Kein Einzelfall II

Bitte, wollen Sie diese Antwort auf Ihren Brief vom sechzehnten currentis betrachten als geschrieben unter einer Zensur. Es ist die Besorgnis meiner l. Frau, Sie möchten allzu idyllische Eindrücke erlitten haben aus meinen Mitteilungen über die Betreuung jenes Mannes, der in meinem vorigen Brief aus seinem Auto fiel und immer noch nicht weiss wie.

Insbesondere findet sie den Ausdruck »moralische Utopie« übertrieben. Dazu darf ich Ihnen der Ordnung halber mitteilen, dass wir hier sämtlich nach den bekannten Gesetzen verelenden. (Streichhölzer nach wie vor zwei Pence, aber die Pinte Bier seit unserer Abfahrt um einen Penny erhöht.)

Im einzelnen erbittet sie die folgenden Korrekturen. Zum ersten: unter den Leuten, die die Frau des Verunglückten zweimal täglich zum Provinzkrankenhaus gefahren haben, mögen einige ihn angesehen haben als einen Vorgesetzten, der überleben könnte. (Das kann ich bestätigen in einem Fall, da haben sich die Bengels sogar einen Lieferwagen der Firma unter den Nagel gerissen, mit mir auf dem blanken Blech der Ladefläche.) Jedoch haben sie solche Schüchternheit verborgen, als sie ans Krankenbett traten, Richtig: versetzt meine Frau: das ist das Andere, die Neugier nämlich. (Der Verletzte war infolge zahlreicher Rippenbrüche und Lungenwunden zu einem Götzen aufgequollen.) Drittens, so fügt sie hinzu, hat ja seine Frau die Freunde und Bekannten ebenso oft auf dem Laufenden gehalten über Änderungen seines Befindens wie sie am Telefon danach gefragt worden ist, so dass manches Gespräch kaum anders enden konnte als mit der Frage: Na, wer fährt dich denn heute. Soll ich? Erpressung, demnach. [26. November 1976]

Ein unergründliches Schiff

In der Themse, etwa drei Kilometer vor der nördlichen Küste der Insel Sheppey, fällt eine Gruppe schräg paralleler Stangen auf, vor allem sichtbar bei Niedrigwasser, noch in der um sechs Meter höheren Flut, denn in ihrem Rücken schaukelt Wasserfläche fünfzehn Kilometer weit und, da drüben die Küste von Essex recht bestimmt nach Norden hochgebogen ist, der Horizont unter den rasch wechselnden Beleuchtungen des Himmels. Wer hier zuzieht, in der Stadt Sheerness an der Nordwestecke der Insel, dem ist es angekommen auf die Spiegelungen des Lichts in der vielfältig bewegten Flussmündung und Nordsee, der hält jene Stangen anfangs für Reusen, von einem rabiaten Westwind schiefgedrückt, denn der Blick über unbegrenztes Wasser vertut sich leicht in Entfernungen, und das schwarze Dreieck, das bei Ebbe zwischen ihnen erscheint, kann recht wohl genommen werden für ein Fischerboot mit Stammrecht. Wer hier zugezogen ist, meint eines Fernglases zu bedürfen, er wird irre an den Reusen, denn keinmal in zwei Wochen werden sie versetzt, ausserdem sind die Stangen von ungleicher Länge, in befremdlich regelmässigem Verhältnis zueinander, und zu dicht am Fahrwasser stehen sie auch. Was ist das?

Oh, die Freude der Autochthonen am Belehren der Fremdgeborenen! – Tja: sagt einer, er stellt den Hammer neben sich und blickt versonnen auf das Wasser, schade um die mit Arbeit vertane Zeit, es ist so passendes Wetter zum Fischen da draussen; vorfreudig und vertraulich teilt er mit: Es möge eine Wolke noch so dunkel sein, einen Silberstreif habe sie doch.

Die Wolke, unter der die Leute leben an diesen Meilen der Themse, war die Erinnerung an die Flut vom Februar 1953, die weite Bereiche der Insel und auch der Stadt Sheerness überschwemmte und wiederkommen könnte mit vollgelaufenen Wohnstätten, ertränkten Schafen, abgesoffenen Telefonschächten, kurzgeschlossenen Stromleitungen, geborstenen Gasrohren und enttäuschenden Auskünften von seiten der Versicherungsgesellschaften. Diese Aussicht ist seitdem gründlich, mit den besten Vorsätzen und Plänen, besprochen worden. Als die Flut die Insel von neuem betrat im Januar 1978, waren weder die Schutzwälle noch das Warnsystem vollendet, und sie durfte sich austoben wie vor fünfundzwanzig Jahren, nur dass es diesmal nicht unmittelbar Tote gab unter den Menschen. Das ist die eine hiesige Zukunft.

Die andere, der kostbare Rand dieser düsteren Wolke, heisst »Richard Montgomery«. Das ist der Name eines amerikanischen Munitionsschiffes, dem hier im Sommer 1944 der Rücken brach, worauf es sank und seitdem nur die Spitzen seiner Ladebäume und Masten, auch eine Ecke Brücke zeigt. Genannt schlicht »das Wrack«, auch »unser Wrack«, ehrfürchtiger »die grosse alte Dame der Themse«, erscheint sie im versteckten Stolz ihrer Anrainer als »unsere einzige Sehenswürdigkeit«. – Entweder gehen wir feucht unter, oder wir werden zerfetzt in einem Feuerball!

Sind wir bis dahin imstande, dieser Strandbeute auf den Grund zu gehen, das aufgelaufene Gut zu bergen, historisch, magisch, biografisch, soziologisch, chemisch, administrativwissenschaftlich, poetisch, statistisch?

Richard Montgomery, geboren 1738, er wird selten im Ernst gemeint haben, noch zweihundert Jahre nach seinem Tode werde sein Name stehen für irgend etwas. Denn er war als Ire, achtzehnjährig, in britische Dienste getreten, erst im Alter von vierunddreissig Jahren verkaufte er sich an die Sache der aufständischen Amerikaner, und so war er kaum der erste, den George Washington 1775 zum Brigadegeneral der Kontinentalarmee ernannte. Montgomery bewährte sich bei der Einnahme von Montreal am 13. November 1775, er blamierte sich, als er am 31. Dezember die von englischen Berufssoldaten verteidigte Festung Quebec (Québec) mit nur 1675 ungeschulten Mann angriff, mit einer vollständigen Niederlage am letzten Tage seines Lebens. Überdies war dieser Söldner mit der wechselhaften Loyalität ein General gewesen, dem liefen die Leute fort. Demnach musste er sich gedulden, als im Amerika des zweiten Weltkrieges Schiffe getauft wurden auf Namen von Vätern der Revolution. Die Baureihe der Liberty-Schiffe begann 1941, die »Richard Montgomery« lief 1943 vom Stapel in Jacksonville, Florida.

Wrack der »Richard Montgomery«.
Das Photo hatte Uwe Johnson vergrößern und rahmen lassen.

Kaum ein Jahr später war sie kaputt vor Sheerness, Kent – hier wäre eine Grabung denkbar in Richtung Namensmagie. Ein Schiff für die Freiheit. Die Bezeichnung sollte verweisen auf eine nationale Notlage, auf kein geringeres Symbol als die Glocke der Freiheit, Liberty Bell, 1753 aufgehängt im Haus des Staates von Pennsylvania, mit der Inschrift: »Verkündige die Befreiung im Lande, für alle, die darin wohnen« (3. Mose 25.10), zum fünfzigjährigen Jubiläum der Verfassung von William Penn. Allerdings war sie gleich beim ersten Guss missraten, unsicher im Ton. Mehrmals umgegossen, ging sie ihren Anwohnern dennoch auf die Nerven, und schon 1772 beschwerten sie sich bei ihrer neuen Obrigkeit, der feierliche Lärm werde bei zu vielen Gelegenheiten bemüht. Dann allerdings wurde unter ihrem Geläute am 8. Juli 1776 öffentlich die Erklärung der Unabhängigkeit verlesen. 1777 besetzten die Briten die Stadt, und die Glocke musste versteckt werden auf dem Lande. Zurückgebracht an die Chestnut Street, tat sie ihren vaterländischen Dienst, bis sie endgültig entzweiging im Jahre 1835, beim Begräbnis eines Justizministers. Wie einstmals durch die Truppen der Londoner City, war die amerikanische Art der Freiheit 1941 bedroht durch die Unterseeboote der Deutschen und Italiener. Die Antwort eines Roosevelt auf die Verluste von Schiffsraum durch Versenkung war die Massierung des Schiffsbaus, im Zeichen von Victory, von Liberty.

(Die Geschichte der Liberty Bell hat eine Fortsetzung in der Alten Welt. 1950, nachdem die siegreiche Rote Armee abgelassen hatte von der Blockade Westberlins, stifteten an die siebzehn Millionen Bürger der U.S.A. eine Nachbildung ihrer Freiheitsglocke für das Rathaus in Berlin-Schöneberg. Deren Inschrift lautet, übersetzt: »Möge diese Welt mit Gottes Hilfe eine Wiedergeburt der Freiheit erleben.«* Seitdem läutet sie jeden Mittag zwei Minuten (sowie, zusätzlich, bei feierlichen Anlässen). Im Winter 1965 rief die loyale Presse des Besatzungsgebietes Westberlin die Eingeborenen auf zu Spenden für Nachbildungen des Schöneberger Instrumentes in Porzellan (Stückpreis 17.25 DM), zu versenden an die Hinterbliebenen von Bürgern der U.S.A., die bei ihrem Einsatz gegen Vietnam ums Leben gekommen waren oder deren Tod dort für die Zukunft zu erwarten stand. Offenbar sollte eine solche Rückerstattung des Geschenks von 1950 zumindest unter trauernden Amerikanern ein Bild von Berlin (West) verbreiten, für das man auch sterbe in Südostasien, mit Gottes Hilfe die Freiheit spendend oder bewahrend, symbolisiert durch ein kleines Glöckchen aus der Porzellanmanufaktur von Berlin auf amerikanischen Kaminen neben den Fotos mit Trauerflor.)

Die Schiffe, die benannt wurden nach der echten Liberty an der

* Die Inschrift lautet im Original: »That this world under God shall have a new birth of freedom.« [Anm. d. Hg.]

THE UNEXPECTED

The wreck of the Richard Montgomery (left) lies in the Thames Estuary with more than 4,000 tons of bombs and detonators rotting in its holds. At low tide, its masts jut from the waves, a reminder to those living nearby – Southend is but five miles away and the Isle of Grain, with its oil refineries, is only three – of possible danger. The ship, an American freighter, went aground in 1944 during a gale. The chances of a spontaneous detonation or a blast following a collision with one of the ships that pass down the Medway only 700 feet away, are impossible to calculate, according to official sources. But nothing much can be done anyway. In 1952 the wreck was declared too dangerous to touch.

Do you have an unusual picture suitable for this feature? Send it to The Unexpected, The Observer Magazine, 160 Queen Victoria Street, London EC4V 4DA. Those published will be paid for.

Markierungsboje am Wrack.
Ausschnitt aus dem *Observer Magazine* vom 5.1.1975.

Kastanienstrasse von Philadelphia, haben dazu beigetragen, ein Kapitel der amerikanischen Gewerkschaftsgeschichte zu verdüstern. Sie waren Standardfrachter, im Frühjahr 1942 schon in sechzig bis siebzig Tagen herstellbar (der Plan hatte einhundertfünf Tage vorgesehen). Die Werft eines Henry J. Kaiser in Richmond, Kalifornien, brauchte schliesslich nur noch 4 Tage und 15 Stunden für den Bau eines solchen 10490-Tonnen-Schiffes von 134 Metern Länge. Die Wiederholung des Musters, die Vereinfachung der Konstruktion, die Verwendung vorgefertigter Teile holten auch solche Arbeiter auf die Werften, die noch keine Fabrik von innen gekannt hatten. Die Kriegsdringlichkeit, das Anwachsen der Produktion brachten die chronische Arbeitslosigkeit für die Dauer der Kriegsperiode zum Verschwinden. Da auch viele Frauen in die Fabriken gingen, schien der Lebensstandard einer durchschnittlichen Familie höher als je. Tatsächlich waren die Löhne »eingefroren« und streng besteuert, während die Preise stetig in die Höhe schlichen. Streiks waren illegal – durch eine freiwillige Kriegsverpflichtung der Gewerkschaften selber. Für ein Drittel der Stimmen im Kriegsausschuss stimmten die Gewerkschaften Entscheidungen zu, die sie den Arbeitern entfremden mussten. Es waren die Gewerkschaften, die verzichteten auf das vertraglich festgelegte Recht ihrer Mitglieder, für Arbeit an Sonn- und Feiertagen doppelten Lohn zu beziehen. Sie unterstützten Roosevelts Erlass, der die Arbeiter für die Dauer des Krieges an ihren Arbeitsplatz band. Kam es zum Niederlegen der Arbeit, liess die Regierung die Fabrik durch bewaffnete Truppen besetzen und drohte den Streikenden mit Zwangsverpflichtung in die Armee, und die Gewerkschaft missbilligte das Verhalten der Arbeiter in aller Form (Juni 1941, Kalifornien). Im Juni 1943 wurde ein Streik gesetzwidrig, sobald der Staat den Betrieb übernahm. Die Führer der Gewerkschaften liessen sich für ihr Stillhalten belohnen mit einer Vertragsklausel, die einem Arbeiter auferlegte, bis zum Ablauf seines Kontrakts in der Gewerkschaft zu verbleiben. Weiterhin nahmen die Fabriken den Gewerkschaften die lästige Mühe ab, bei den Mitgliedern die Beiträge einzutreiben, zogen sie vom Lohn ab und überwiesen sie direkt auf das Konto der Arbeitervertreter; eine Folge war deren weitere Isolierung. Die Kommunisten machten da keinen Unterschied, wenn auch erst seit Juni 1941. Sie waren die eifrigsten Anhänger des Streikverzichtes und erklärten Streikende zu Verrätern, beschimpften sie als Angehörige einer »Sechsten Kolonne«. Sie predigten den speed-up, die Beschleunigung der Produktion, traten ein für die Arbeit im Akkord, die Blockierung der Löhne und schlugen sogar vor, den no-strike-pledge fortzuführen auf unbegrenzte Zeit, ja, über das Ende des Krieges hinaus.[1] Für die Arbeiterbewegung der U.S.A. ist ihre Lage in dieser Zeit hinausgelaufen auf das Gegenteil von *Liberty*.

Das Liberty-Schiff auf dem Grunde der Themse liegt da auch als ein Mahnzeichen für eine andere amerikanische Freiheit, nämlich die Begabung, die Arbeit anderer zu benutzen. Sprichwörtlich war sie verkörpert in Henry John Kaiser, der seinen geschäftlichen Aufstieg

1 Daniel Guerin, *Die amerikanische Arbeiterbewegung 1867-1967*, Frankfurt am Main 1970, S. 82-87.

begann, indem er mit dreizehn Jahren, 1895, von der Schule abging und für anderthalb Dollar die Woche in einem Schnittwarenladen arbeitete. Als er 1967 starb, hatte er es zu 180 Fabriken gebracht, dreihundert verschiedenen Erzeugnissen in 41 Ländern und fast drei Milliarden Dollar auf der Aktivseite. Dazwischen liegen Meilen nach Meilen Straßen und Autobahnen, allein in Cuba 200 Meilen und 500 Brücken (und zwar in viereinhalb Jahren statt der vorgesehenen sieben), Staudämme, Rohrleitungen, Autos, Krankenhäuser und 1490 von den insgesamt 2160 Liberty-Schiffen, die seinen Namen berühmt machten. Die Aufgabe Liberty war passend für einen Mann, dessen Wahlspruch lautete, in einem langsam ausgeführten Auftrag sei kein Geld. Ein Biograph Roosevelts sagte Kaiser nach: Er »riss alles Werkzeug und jeden Rohstoff, die er in die Finger kriegen konnte, an sich, stellte unbekümmert Arbeiter ohne Fachausbildung ein, mit der Behauptung, er könne ihnen alles beibringen, und wurde öffentlich gebrandmarkt wegen des Kaperns von Arbeitskräften und vorrangigen Materiallieferungen.«* Er habe instinktiv die Regel Roosevelts erfasst, wonach »Energie mehr war als der Nutzeffekt«.[2] Dort ist auch die Rede von der »happy protection of cost-plus«, also der Garantie für die Erstattung der Gestehungskosten und für den Gewinn, wie bei Regierungsaufträgen üblich.

Die ehemals übermächtige Konkurrenz, Bethlehem Steel, bekam 1,246 Milliarden Dollar während des Krieges für Schiffsbauten – es versteht sich, dass die Henry J. Kaiser Company am Ende eine noch höhere Summe bezog.[3]

Kaiser selbst sah die Sache so: »Ich bin ein Baumeister, und wenn

* »(...) grabbed all the tools and materials he could lay his hands on, hired untrained worker recklessly on the theory that he could reach them, and was denounced for pirating labor and priority supplies.« [Anm. d. Hg.]

2 James McGregor Burns, *Roosevelt – The Soldier for Freedom*, New York 1970, S. 245.

3 John M. Blair, *Economic Concentration*, New York 1972, S. 33 f.

einer das von sich sagt, sollte er alles Mögliche bauen können.«[4] Am Ende betrieb er sechs Schiffswerften an der pazifischen, eine an der atlantischen Küste, 58 Hellingen obendrein, und bekam auch deswegen eine standesgemässe Beerdigung in der *New York Times*, und zwar, ohne dass er im geringsten eines rüden Betragens bezichtigt wurde.[5] Zwar ist die *Encyclopaedia Britannica* von 1975 sich zu fein für ihn, wohingegen sie über Richard Montgomery einiges anführt. Das kann ein Henry J. Kaiser verschmerzen, denn jener Montgomery fehlt, wo das Wissen der Nation Macht ist: in der neuesten Auflage der Amerikanischen Enzyklopädie[6] ist Kaiser über zwei Spalten hin aufgebahrt, und von ihm wie seiner Gilde kündet bis auf den heutigen Tag ein Schiff in der Themse, England, Alte Welt.

Die Britannia auf dem Kreuz vor dem Bahnhof Sheerness hat auf dem Sockel Raum lediglich für die Toten des ersten Weltkrieges, die des zweiten sind aufbewahrt in einem Ehrenbuch in der Abteikirche im Innern der Insel. Sheerness und Sheppey haben ihr Denkmal für den Krieg 1939-1945 im Wasser statt zu Lande, ein »Hässliches Entlein«. Denn die Liberty-Schiffe trugen unweigerlich auch eine dienstliche Bezeichnung, EC-2, die Zwei wegen der amerikanischen Version eines ursprünglich britischen Entwurfs, und EConomy wegen der sparsamen Ausführung. Bei der Liberty sollte es vordringlich ankommen auf die neue Technik des Schweissens an Stelle des Nietens, die fünf Laderäume und die Ladebäume, da durften die Unterkünfte für die Mannschaft von Schiff und Flak kunstlos untergebracht werden in einem dreistöckigen Aufbau mittschiffs. Auf Eleganz war zu verzichten, ebenso wie auf einen Kreiselkompass oder ein Funkpeilgerät. Die einzige Aufgabe dieses Fahrzeugs war das Befördern von Fracht, geleitet und beschützt von den Wachhunden des Konvoys, und nie konnte die zärtliche Achtung für diesen

4 *Time Magazine*, 1. September 1967, S. 52: »I'm a builder, and if you call yourself a builder, you ought to build anything.«

5 *New York Times*, 25. August 1967, S. 1, 31.

6 *American Encyclopedia of Biography*, New York 1974, S. 602/603.

Schwerarbeiter, ausgedrückt in dem Märchennamen, ihn verwandeln in einen weissen Schwan. Diese plumpen, tüchtigen Liberty-Schiffe waren es, die das anfangs von den deutschen Unterseebooten eingesperrte England versorgten mit Waffen, Ausrüstungsgegenständen, Lebensmitteln und schliesslich mit den Truppen für die Invasion, den Tag D, 6. Juni 1944. In der »Richard Montgomery« sind keine Toten, aber wer damals ein Liberty-Schiff betrat, ging auch in das Risiko, an den Torpedos der Deutschen umzukommen.

Die juristische Grundlage für solche Lieferungen ohne umgehende Bezahlung war das Leih- und Pachtgesetz vom 11. März 1941, vom amerikanischen Repräsentantenhaus und Senat erst nach schlimmen Auseinandersetzungen mit den Isolationisten angenommen, mit wenig brüderlichen Mehrheiten. Vornehmlich war es Grossbritannien mit seinem Commonwealth, dem die Lend-Lease-Hilfe zugute kam; Grossbritannien anerkannte deren Gewicht für die Entscheidung des Krieges und hat rund zwei Prozent zurückgezahlt von den etwa 30 Milliarden Dollar, deren Gegenwert es empfing. Mit dem 7. November hatte Roosevelt es endlich legal machen können, dass solche Lieferungen auch an die Sowjetunion gingen, via Murmansk, Archangelsk, Wladiwostok und den Iran. »Die Bedeutung dieser Hilfe für das Durchhalten der UdSSR und ihren Übergang zur Offensive (1942/43) ist kontrovers«[7], und lädt demnach ein zu einer Diskussion im Lichte des historischen Materialismus. In einem offiziellen *Wörterbuch für Geschichte*, erarbeitet durch »insbesondere das Institut für Marxismus beim ZK der SED«[8], kommt dies Leih- und Pachtgesetz weder als Stichwort vor noch in dem Artikel »Grosser Vaterländischer Krieg der Sowjetunion« noch unter »Weltkrieg, zweiter«. Unter »Antihitlerkoalition« findet sich die Feststellung: »Die A. wurde weiterentwickelt z. B. durch [...] das Abkommen zwischen der UdSSR und den USA über die Prinzipien

7 *Lexikon zur Geschichte und Politik im 20. Jahrhundert*, Köln 1971, S. 465.

8 Innentitel: »... *Deutschlands und der deutschen Arbeiterbewegung*«, Berlin (DDR) 1969, S. 1.

der gegenseitigen Hilfeleistung vom 11. Juni 1942.« Weder der erste noch der zweite Blick wird in dieser Umschreibung amerikanische Lieferungen im Wert von 10,6 Milliarden Dollar vermuten, und das sind nur die angekommenen, weiterhin die britischen und kanadischen ungerechnet. Für das Schweigen, das die amerikanischen Schiffe voller Lastwagen, Erdölprodukte, Lebensmittel, Eisenbahnausrüstungen in drei sowjetische Häfen noch heute verhängen soll, lassen dialektische Überlegungen sich vermuten; jedoch auch solche der Realpolitik und der schlicht emotionalen Kränkung. Denn vorläufig lieferten die Alliierten bloss Sachen. Obendrein bestanden sie ein wenig taktlos auf ihrer Quittung, so wenn der Botschafter der U.S.A. in Moskau schon im März 1943 von einer »undankbaren« Haltung der Sowjets gegenüber den staatlichen wie den privaten Hilfen seines Landes sprach. Die *Pravda* druckte eine ziemlich vollständige Liste der amerikanischen Lieferungen seit Kriegsbeginn; so viel immerhin lag Stalin an deren Fortsetzung. Aber er durfte es taktlos finden, dass man ihn zwang, so die nazistischen Gegner zu unterrichten über einen Teil seiner Vorräte. Was die umstrittene Offensive angeht, so berichtete der damalige Vorsitzende des Staatlichen Verteidigungskomitees der Sowjetunion am 6. November 1943: »Fügt man zu alledem noch die Tatsache hinzu, dass die Verbündeten uns regelmässig mit verschiedenem Kriegsmaterial und mit Rohstoffen versorgen, so kann man ohne Übertreibung sagen, dass sie durch all das die Erfolge unseres Sommerfeldzuges bedeutend erleichtert haben.«[9] So spricht der Militärschriftsteller, zu Lebzeiten unumstritten, so spricht der Generalissimus, der mit diesem Titel auch die Verantwortung für die Erfolge seiner Politik auf sich genommen hat. Vorläufig ist seine Politik gegenüber den Alliierten ein Misserfolg. Damals, als die Sache mit Hitler schiefging, hat er doch gleich, am 18. Juli 1941 schon, von den Briten eine zweite Front gegen den Verräter »im Westen (Nordfrankreich) und

9 J. Stalin, *Über den Großen Vaterländischen Krieg der Sowjetunion*, Moskau 1946, S. 137 f.

im Norden (der Arktis)«[10] erbeten, und ohne Verzug hat die Sowjetunion die Atlantik-Charta unterzeichnet. Was Molotow im Sommer 1942 in Washington abholen sollte, war gewichtiger als Ersatzteile und Schinkenfleisch in Dosen, es war der Hauptsatz in dem gemeinsamen Communiqué mit Roosevelt: »... wurde volle Verständigung erreicht in Hinsicht auf die dringende Aufgabe, in Europa eine zweite Front zu errichten«[11], und so ist das einem frohlockenden Oberst Sowjet verlesen worden, in Gegenwart der eigenen Person. Dann bleibt die zweite Front 1942 aus. Blamiert steht man da vor seinen Leuten. Man ist doch der grosse Stalin selbst, der Churchill ermahnt, dass ein solches Versagen »der gesamten sowjetischen Meinung vom Ausland einen tödlichen Schlag«[12] zufüge. Blamiert ist man auch vor den Soldaten dieses Hitler, denen man Flugblätter abwirft mit der zweiten Front 1942. Keine zweite Front an der gewünschten Stelle im Jahre 1943, statt dessen immer andere Entschuldigungen, seien sie nun dem mittelmeerischen oder dem pazifischen Kriegsschauplatz entnommen; zwischendurch Kürzung der Leih- und Pacht-Lieferungen, angeblich zum Aufbau der zweiten Front, die mittlerweile unsichtbar bleibt. Wer Jahr nach Jahr eine Kriegführung auf dem Boden des eigenen Landes, auf dem Rücken der eigenen Leute zu verantworten hat, darf solch Zögern seiner Verbündeten oft verstehen als ihren Wunsch, die Rote und die Deutsche Armee möchten einander erst einmal ausbluten – bis eine zweite Front in Frankreich steht. Im Februar 1945 ist es nur schicklich, sich freiwillig zu bedanken und Lend-Lease zu bezeichnen als »eine der bemerkenswertesten und lebenswichtigsten Leistungen«[13] des amerikanischen Präsidenten. Kaum aber ist der Krieg zu Ende

10 Alexander Werth, *Russia at War*, New York 1966, S. 271.

11 Burns: a.a.O., S. 234: »(...) full understanding was reached with regard to the urgent tasks of creating a Second Front in Europe 1942.«

12 Burns: a.a.O., S. 237: »(...) (a) moral blow on the whole of the Soviet foreign opinion.«

13 Werth: a.a.O., S. 884: »(...) one of the President's most remarkable and vital achievements.«

und der Mai 1945 vergangen, da kündigen diese U.S.A. einem ihre Leih- und Pacht-Sachen, so dass der ausländische Anteil an der Ernährung der Roten Armee wegfällt von einem Tag auf den anderen, zehn Millionen Soldaten zur Gänze der ohnehin unterernährten Zivilbevölkerung auf dem Brotbeutel liegen. Dann darf man allerdings bemerken, »dass die Russen vorgehabt hatten, den Vereinigten Staaten für die Lend-Lease-Unterstützung in angemessener Form ihren Dank auszudrücken, aber die Art, in der das Programm abgebrochen wurde, hat dies nun unmöglich gemacht«.[14] Dann wollen wir also, Genossen, dieses Roosevelt eigene Wort gebrauchen und die Angelegenheit eine Berieselung mit dem »Gartenschlauch« nennen! (Bis heute gibt es keinen vertraglichen Abschluss für Lend-Lease zwischen der Sowjetunion und ihren Alliierten.) Es war diese Praxis, den sowjetischen Verbündeten allzu lange abzuspeisen mit bloss Gütern, die neben dem Streit um Polen zu den frühesten Wurzeln des Kalten Krieges gerechnet werden muss, und so liegen denn aufwärts des Hudson – »eingemottet«, aber in vier Wochen einsatzbereit zu machen – eine Flotte von Schiffen und in der Themse vor Sheerness ein einziges, deren Baureihe hat in einem kommunistischen Bewusstsein (stalinistischer Observanz) keinen Namen: Liberty.

Das Anrichten des Unglücks: In der Morgendämmerung des 20. August 1944, bei mildem Wetter und guter Sicht, bog im Englischen Kanal die »Richard Montgomery«, unterwegs nach Cherbourg, nach Westen in die weite Mündung der Themse ein, wo sie auf einen Geleitzug warten sollte. Als sie, weisungsgemäss, auf eine Untiefe zusteuerte, wurde sie von anderen Schiffen mit Sirenengeheul gewarnt. Auch im gegenüberliegenden Southend hatte der stellvertretende Hafenmeister inzwischen bemerkt, dass diesem Schiff mit 32 Fuss (etwa zehn Metern) Tiefgang ein Liegeplatz zugewiesen worden war, an dem das Fahrwasser bei Ebbe nur in einer

14 Werth: a.a.O., S. 912: »(...) that the Russians had intended to make a suitable expression of gratitude to the United States for the Lend-Lease assistance during the war, but the way in which the programme had been halted made this impossible.«

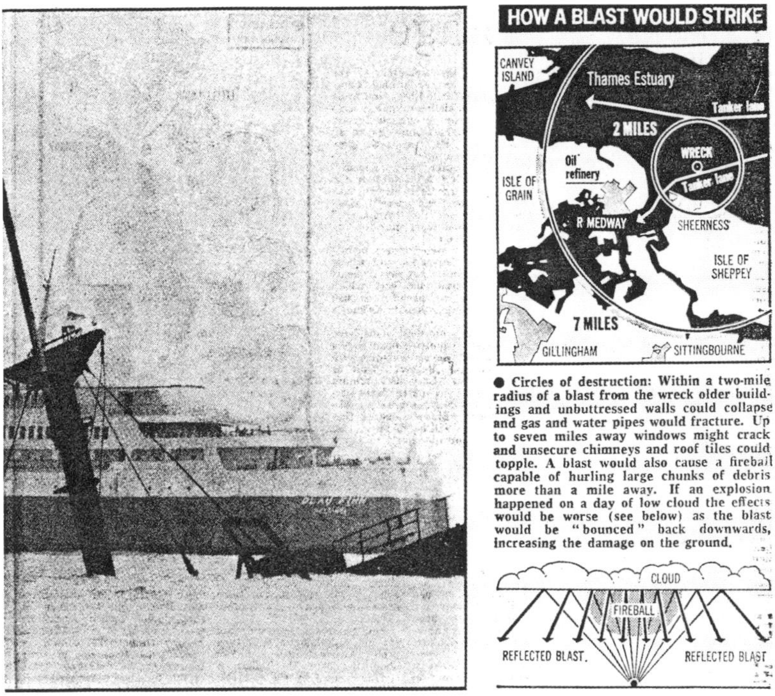

»Circles of destruction«.
Ausschnitt aus *The Sunday Times* vom 27. 8. 1978.

Tiefe von 24 Fuss (etwas mehr als sieben Meter) sicher war. Er war gerade dabei, der Molenkopf-Aufsicht günstigere Anweisungen für den Fremdling zu erteilen, als sein Vorgesetzter ihn störte. Von Berufs wegen wusste der, dass die »Montgomery« an die vorgesehene Stelle gehörte, und machte die Entscheidung seines Untergebenen rückgängig. (Der erbat sich eine schriftliche Ausfertigung des Befehls, wurde zwei Tage später versetzt und fehlte, als Ende August eine Untersuchungskommission ergründen wollte, was denn hier vorgegangen war. Die Antwort des Ersten Offiziers auf die Frage, warum er den Kapitän habe schlafen lassen: Weiss ich nicht.) Die »Montgomery« warf Anker vor Sheerness. Dann kam eine Springtide, warf das Schiff hin und her gegen die Sandbänke und setzte es schließlich fest. Entweder wurde der Kapitän jetzt aus dem Bett

geholt, oder die Stösse weckten ihn. Es war der Kapitän, der das Hilfsangebot eines Schleppers zurückwies. An die vier Stunden später lief die Flut aus, dem Rumpf fehlte die Stützung durch Wasser, unter der Spannung bogen sich die ersten Stahlplatten und brachen auf (geschweisst, statt genietet). Wiederum zwei Tage später zersprang das Schiff in zwei Stücke und sank. Es gelang noch, die Laderäume Drei, Vier und Fünf zu leeren. Aber die britischen Schauerleute hatten Gefahrenzulage verlangt, als sie erfuhren, was da bei ihnen angekommen war, und so manches Kind in Sheerness sollte an diesem Tag im Hause bleiben.
Denn die Ladung war bestimmt für die Luftwaffe der Vereinigten Staaten, und so führt das Manifest der »Richard Montgomery« als im Wrack verblieben auf:

2 893 t	Bomben, enthaltend ungefähr 1 200 t Trinitrotoluol (TNT)
173 t	Selbstzerlegerbomben mit eingebautem Zündmechanismus, beste Wirkung gegen Personen, und
107 t	Behälter mit Phosphor, entzündlich bei blossem Kontakt mit Sauerstoff.[15]

In deutschem Gewicht sind das nahezu 2,9 Millionen Kilogramm, 2 885 Tonnen.
(Die Ladung war bestimmt für die Deutschen.)
Eine Explosion dieser Mischung wird unter die grössten im menschlichen Gedenken gerechnet werden, wenn man die nicht-nuklearen aufzählt. Nimmt man die »Richard Montgomery« als den Mittelpunkt eines Kreises mit einem Radius von zwei Meilen (drei Kilometer), ist an festem Land vorerst nur die Nordwestecke der Insel betroffen, mit Stadt und Hafen Sheerness. Dort würden ältere Gebäude und unabgestützte Mauern einstürzen, Gas- und Wasserleitungen zerrissen werden. In einem Radius von sieben Meilen noch sind Glasschäden, der Einsturz wackliger Schornsteine und lockerer Dächer zu erwarten. Das bezieht die halbe Stadt Sittingbourne ein,

15 *The Sunday Times*, 27. August 1978, S. 4-5.

dazu den Ölhafen und den Komplex der Raffinerien auf der Insel Grain westlich von Sheppey. Die Detonation kann einen Feuerball hervorbringen, dessen Luftdruck schwere Gegenstände oder Trümmer über eine Meile weiterschleudert, etwa in einen der Supertanker mit über hunderttausend Tonnen Öl im Bauch. (Die »Richard Montgomery« liegt neben dem recht belebten Fahrwasser der Themse. Wenige Meilen nördlich unterhält und betreibt das Ministerium für Verteidigung Ihrer Kgl. Majestät einen Schiessübungsplatz im Meer, von dem die Detonationen an den Fenstern von Sheerness ankommen wie Faustschläge.) Die gleichzeitige Explosion der gesamten Ladung wird eine Flutwelle verursachen, die die Flüsse Medway und Themse hinaufrauschen und weitere Siedlungen in Ufernähe zerstören. Bei Niedrigwasser wäre die Wirkung vervielfacht, wegen der geringen Dämpfung. Über den endlichen Umfang wird das Wetter entscheiden. Hängt über dem explodierenden Bombenlager eine schwere, tief liegende Wolkendecke, wird sie die von unten kommenden Druckwellen zurückprallen lassen, und die mehrfache Reflektion erreicht dann auch die Insel Canvey zehn Meilen flussaufwärts und trifft dort auf Tanks mit einem Fassungsvermögen von fünfundvierzigtausend Hektolitern Öl, auf Chemikalien- und Methangaslager. Eine Kettenreaktion oder Domino-Wirkung könnte die östlichen Aussenbezirke Londons mehr oder minder beschädigen. Dass das Unterhaus oder Whitehall in Mitleidenschaft gezogen würden, gilt für unwahrscheinlich.

Eine Verlautbarung aus Whitehall: Wie Ihnen bekannt ist, vertreten die Sprengstoffsachverständigen der Regierung die durchgehende Auffassung, dass jeder Versuch, das Wrack oder seine Ladung zu bergen, in sich gefährlicher ist, als es unberührt zu lassen (Herbst 1977). Das bekam schon die Regierung der U.S.A. zu hören, als sie 1948 diese ihre Habseligkeit abholen und auf tiefstem Meeresboden deponieren wollte. 1967 empfahlen die Amerikaner abermals, die Bomben bergen zu lassen. Die Hilfe wurde höflich verbeten.

Lange Zeit war überdies unklar, welchen Arm Whitehall im Falle eines Unglücks hinzuhalten hätte. 1952 schien eine parlamentarische Anfrage zu ergeben: die »Richard Montgomery« liege unter der Zuständigkeit des Hafenamtes London. Jedoch diese Behörde zog es vor, zu dieser öffentlichen Vermutung zu schweigen. Erst achtzehn Jahre später bekannte sich das Handelsministerium zu dem Wrack. Jedoch auch das Ministerium für Verteidigung (und Kriegssachen) unterhält Beziehungen zu der »Montgomery«, so wenn es den Leuten vom Handel für die Inspektionen Taucher, Boote und Gerät ausleiht. Wäre hier eine Soziologie zu versuchen, fiele sie in die Bürokratie.

Die britischen Gastgeber dieses Liberty-Schiffes scheinen zu zweifeln, ob denn die Amerikaner sich auskennen mit ihren eigenen Bomben. Das Ausmass der britischen Kenntnisse lässt sich ersehen aus der Auskunft des Unterstaatssekretärs für Handelsgesellschaften, Luft- und Schiffahrt an den Abgeordneten für Gravesend: Der Regierung ist der Zustand des Sprengstoffs unbekannt, und sie wird kein Risiko eingehen, ihn zu erforschen.[16] Dies betreibt sie gründlich. Zum letzten Mal wurden die Bomben amtlich betrachtet im Jahr 1952. Seitdem lautet die amtliche Legende: je mehr und je länger ihnen das Seewasser zusetze, desto unschädlicher wurden sie, gänzlich unbeschadet des Umstandes, dass sie wasserdicht in Stahlkisten verpackt sind, und der wissenschaftlichen Mitteilung, wonach TNT gegen Wasser unempfindlich ist. (Und: »let sleeping bombs lie.« Aber die Hunde, mit denen hier abgewiegelt werden soll, haben es an sich, gelegentlich aufzuwachen.) Seit 1952 ist es nur noch der Rumpf, der einer Untersuchung für bedürftig befunden ist, alle vier Jahre einmal. Im September 1978 ging es vor allem um die Frage, ob das Wrack inzwischen an einer zweiten Stelle auseinandergebrochen sei. In Sheerness war der zweite Riss seit vier Jahren keine Neuigkeit, da auch von der Regierung angestellte Taucher nach der Arbeit ein Bier trinken und dabei ins Reden kommen. »Das Ministerium für Verteidigung teilt mit, es habe von einem zweiten Riss im Rumpf seit einer Reihe von Jahren gewusst, wohingegen das Handelsministerium mitteilt, eines der Ziele der gegen-

16 *Kent Evening Post,* 28. September 1978, S. 9: »The Government did not know the stage of the explosives and was not going to take the risk of finding out.«

wärtigen Inspektion sei die Feststellung, ob in der Tat ein zweiter Riss vorhanden ist.«[17] Die vorläufige Mitteilung des Handelsministeriums über die »Richard Montgomery« im Jahre 1978: »Der Zustand des Wracks ist nicht wesentlich verändert und es sind keine weiteren Bomben herausgespült worden.«[18] Dieser Satz enthält Bomben, die bereits durch die vorhandenen Löcher herausgespült wurden.

Das zuständige Ministerium gibt zu, dass ihm sogar die Anzahl der Bomben unbekannt ist, die 1944 in der wracken »Montgomery« belassen wurden. »Als einige der Bomben aus dem Schiff entladen wurden, sind die Zahlen nicht getreu aufgenommen worden. Es ist seit einigen Jahren bekannt, dass das Manifest nicht zur Gänze genau ausgefüllt war.« Der Minister selber: »In anderen Worten, die Ladung kann jetzt völlig sicher sein oder sie kann noch reagibel sein.«[19]

Die Möglichkeit einer Explosion ist unumstritten. Eine davon, bei dem Versuch einer Bergung, fiele als Verantwortung auf die jeweils amtierende Regierung; der Versuch muss daher vermieden werden. Die anderen sind: Kollision eines anderen Schiffes mit dem Wrack (die Station der Küstenwache Warden hat 24 Fast-Zusammenstösse verzeichnet). Einwirkung starker Flutwellen und Bruch von Zwischenböden, wobei höher gelagerte Bomben auf die unter ihnen fallen. Selbstzündung des Sprengstoffs durch Quetschung des Bombenmantels. Sogar die Druckwellen niedrig fliegender Düsenflugzeuge sind erwähnt. Schliesslich: Ein Selbstmörder, der die Einsamkeit fürchtet. Terroristen. (23 einzelne Terrorakte zur See seit

17 *Sheppey Gazette*, 28. September 1978, S. 1: »The Ministry of Defence says it has known about a second crack in the hull for a number of years although the Department of Trade has said that one of the objects of the present survey would be to establish whether, in fact, a second crack existed.«

18 *Sheppey Gazette*, 2. November 1978, S. 36: »There is no significant change in the state of the wreck nor any additional spillage of explosives.«

19 *Kent Evening Post*, 2. Oktober 1978, S. 9: »When some of the bombs were taken off the ship, the numbers were not closely recorded. It has been for some years that the manifest was not recorded entirely accurately.« »(...) In other words, the cargo may by now be perfectly safe or it may still be sensitive.«

1974.)[20] Studenten, die sich einen Jux machen wollen (wie geschehen im Jahre 1969). Oder ein eigensinniger Philologe, der die Redensart prüfen will, wonach Wunder wirkt, wer die Themse in Brand steckt.
Wie immer das Problem verwaltet wird, die Administration ist mustergültig. So ist ein Schild dran.

Achtung
GEFAHR
Unexplodierte
Munition
Mindestentfernung
500 Fuss
Vom Wrack halten
WRACK

Zwei Leuchtbojen. Piepende Warnsignale in der Nacht. Auch ist das Betreten verboten (Gesetz zum Schutz von Wracks, 1973). Das Hafenamt Medway hat das Dilemma auf dem Radarschirm und seine Barkassen besuchen es viermal am Tag. So ungefährlich ist es. Amtlich erwogen wurden noch an Variationen: die »Richard Montgomery« solide einzuzäunen, ihre Bomben unter Wasser abzuschleppen, sie in einer Betonkuppel einzuschliessen. Und: der Bau eines Flughafens ihr gegenüber, dessen Lande- und Startbahnen gewichtige Jets auf einen Kurs über das Wrack führen, notwendig in geringer Höhe.
Belletristische Verarbeitung: ein Kriminalroman.[21] Die deutsche Entsprechung des Titels: Der Hausblockknacker.
Folklore: Churchill hat ja noch einen Brief geschrieben an den Nachfolger von Roosevelt, von wegen, er soll hier seine Bomben wegräumen. Aber die Amis haben abgewinkt, nämlich, geschenkt ist geschenkt. In Holland gibt es eine Firma, die pflückt gefährliche Wracks aus den Gewässern der ganzen Welt, von diesem wollte sie

20 *The Sunday Times,* 27. August 1978, S. 4-5.
21 Stephen Barley, *The Blockbuster,* New York 1977.

lieber die Finger lassen. Nein, eine japanische war das, steht doch gedruckt. So dass wir uns schliesslich überwanden und die Deutschen angingen um ihren fachmännischen Beistand; ein Auge warfen die auf die »Richard Montgomery«, dann zogen sie ab. Ein Vorteil ist ja an der Wirtschaftsgemeinschaft mit dem Kontinent: eines Tages werden wir die Insel tauschen gegen eine westdeutsche Stadt. Ist doch deren Luftpost, die uns hier ins Haus steht. Osnabrück zieht nach Sheppey, und wir nach Düsseldorf, denn am Wasser sollte es schon sein.

Psychologisches Kleingeld. Die Bevölkerung dieser Insel hat die drohende Gefahr täglich vor Augen? Die »Richard Montgomery« ist gegenwärtig im allgemeinen Bewusstsein, bis in die Redensartlichkeit hinein? So dass einer sagt: »Ich wollte, das olle Ding ginge endlich hoch, dann wäre mal was los hier«? Die Leute hängen an ihrer Insel, obwohl sie so hoch riskiert ist? Die wenigsten Schulabgänger suchen sich Arbeit auf dem Festland? Es kommen Leute zurückgezogen, um ihren Lebensabend zu verbringen angesichts einer Zeitbombe? Sogar Fremde lassen sich dort nieder, von der aussichtsreichen Explosion getrennt durch eine einzige Fensterscheibe? Das will ich Ihnen flüstern: es ist eine Sehnsucht zum Tode hin.

Anlässlich der Atombombe haben wir einen Theologen fragen hören: Ob Gott am Ende der Menschen müde sei. Muss es gleich die Menschheit im Ganzen sein? Die Anrainer der »Richard Montgomery« sollten doch genügen, fürs erste.

Letzte Meldung. »Für die Bewohner Sheppeys muß es sehr beruhigend sein zu erfahren, dass das Wrack der ›Richard Montgomery‹ immer noch den Vereinigten Staaten von Amerika gehört, ebenso wie ihre tödliche Ladung. In einem Schreiben neueren Datums[22] stellte der parlamentarische Unterstaatssekretär für Handel fest: Sollte das Wrack explodieren, würden jegliche Schadensersatzforderungen an die Regierung der Vereinigten Staaten zu richten sein.«

22 Circa Nov./Dez. 1978.

– Die sind es also, die wir dann verklagen müssen.
– Das schon. Bloss wir sind dann weit entfernt davon, da zu sein...

Seit der Flut vom Januar 1978 haben die Bewohner Sheppeys das Versprechen eines Wahlbeamten, die Insel werde niemals mehr überschwemmt, solange er im Amt sei, und anderen Falles werde er zurücktreten. Sie hatten fast zwölf Monate Zeit zu beobachten, dass die Seepromenade wieder begehbar gemacht wurde, den Londoner Tagestouristen zuliebe; sie fragten einander, warum denn die Flutmauer so im geheimen befestigt werde, dass ihr Ausbau dem willigsten Auge unsichtbar bleibe. Am 30. Dezember 1978 um 23 Uhr, kurz vor einem im amtlichen Tidenverzeichnis vorhergesagten Hochwasser über Normalstand, plätscherte es schon über das vielbetrachtete Mäuerchen, und so viel hatten die Behörden inzwischen gelernt, dass der Alarm erst zwei Stunden später ausgelöst wurde – mit Lautsprechern, statt der versprochenen Sirenen. Rüstig, einen vorhersagbaren Sturm im Rücken, ging das Wasser spazieren auf der Insel, machte es sich gemütlich in über fünfhundert Wohnhäusern und Geschäften, liess Sicherungen durchbrennen, Gasrohre platzen, Telefonkontakte ertrinken, und verdarb eine Menge Sachen, die noch zu brauchen gewesen wären als Lebensmittel und Bekleidung. Und weil es ihr so leicht gemacht war, kam die Flut am Silvesternachmittag noch einmal, die Pump- und Räumarbeiten des Vormittags zunichtezumachen, das Acker- und Weideland gründlicher zu vergiften. Zwar sind in ihr unmittelbar wiederum nur Schafe umgekommen. Aber die Versicherungsgesellschaften ziehen sich zurück aus einer Gegend, in der sie tatsächlich umgehend blechen sollen, wann immer das Wetter es will. Für die neuen Schäden werden die Betroffenen aus ihren Grundsteuern mehr zahlen müssen als die Viertelmillion Pfund, die im Januar fällig wurde. Und abermals wird eine Untersuchungskommission sich befragen, wie dies geschehen konnte, und viele Leute werden versprechen, hieraus wollten sie nun aber grundsätzlich etwas lernen. (Jener Rücktritt ist ausgeblieben.)

Die Flut vom Januar 1978
in der Delamark Road von Sheerness.

Was I deceived, or did a sable cloud
Turn forth her silver lining on the night?[23]

Darauf antwortete der Statistiker Murphy mit seinem einzigen Gesetz: Gibt es für eine Sache auch nur die geringste Chance, schlecht auszugehen, fällt sie dahin aus.
Murphys Gesetz in der ausgearbeiteten Fassung: Nichts ist jemals so einfach, wie es scheint. Alles dauert länger, als der Mensch erwartet. Ist es möglich, dass mehrere Sachen schiefgehen, so wird diejenige den meisten Schaden anrichten, die als erste schiefgeht.
Gedrängt, seine Unausweichlichkeit ein wenig weiter zu lüften,

23 John Milton, *Comus: A Mask*, I/272.

fährt Murphy fort: The importance of a subject can be judged by the lack of interest in it, woraus folgt: Sobald eine Gefahr unsere Aufmerksamkeit und unsere Gegenwehr verlangt, kann sie unserer theoretischen Bemühung gewiss sein. Sei das ein zerbrochenes Bombenschiff in der Mündung der Themse.

für Ihre Frage nach Leuten in meinem Alltag, die mich beschäftigen. Sie verweisen mich deswegen, der Anregung halber, auf den Briefträger, und auf der Stelle gestehe ich: Sie erschweren die Wahl. Denn welchen könnten Sie meinen? Den, der die Morgenpost durch die Tür steckt, den, der vormittags klingelt wegen seiner Pakete, den, der gegen zwölf auf der zweiten Runde vorbeikommt? Oder statt ihrer den jugendlichen Lehrling, der am späten Nachmittag Drucksachen aus Hamburg anbringt mit der Bemerkung: Vielleicht hätten die ja Zeit gehabt bis morgen, aber ich dachte mir, Sie hätten die ebenso gerne jetzt? *Thank you very much:* sage ich und geniere mich, die Glaubwilligkeit westdeutscher *Zeit*-Leser so zu überfordern. Tatsächlich beschäftigen mich alle vier, auch in der Phantasie, aber sie kommt leider gleich darauf, dass ein jeder Postzusteller bedenkliches Wissen aus dem privaten Alltag davonträgt, so beim nur halb verstellten Blick in den Korridor. Da ist mein Gewissen fast rein, aber es erschrickt vor dem Ansinnen, von auch nur einem dieser hilfsbereiten Besucher zu berichten, dass er *ta* sagt statt *Thank you,* gebe ich doch damit eine Auskunft über seine Herkunft, seine Schulbildung, den erschliessbaren familiären Hintergrund und die Gewissheit, dass er einen Menschen auf der Erde anredet mit Mummie, statt mit Mother wie mehr konservative Leute, die ihn zu kränken imstande sind vermittels der Mumien im British Museum. In begreiflicher Rachsucht würde er gerade noch sich versagen, mir Briefe aus Hamburg vorzuenthalten, jedoch wäre er bitterlich versucht, meinen Nachbarn die Zusammensetzung meiner Post anzudeuten, ich selber müsste ihm die Schelte zugestehen: *Thank you for nothing at all!* Wir rühren hier ans Postgeheimnis.

Sie haben einen anderen Vorschlag, die Nachbarn. Davon habe ich an die fünfzehntausend; allein neunhundertachtzig beschäftigen die Phantasie, indem sie ohne Arbeit sind und einige sich schämen, von der Stütze zu leben. An deren Stelle könnten treten jene beiden älteren Herren, die etwas schamloser vor den Augen und Ohren der gesamten Gemeinde streitsüchtige Verhandlungen führen um eine

Der »Clock Tower« in der High Street von Sheerness wurde 1902 anläßlich der Krönung von König Edward VII. errichtet.

ein wenig jüngere Dame: wir sehen da Wortwechsel, Spuck-Szenen, Ausbrüche von einer Heiterkeit aus Verzweiflung; durch verlässliche Zeugen hören wir von Drohungen mit Totschlag, Auseinandersetzungen um bewegliches Gut, Uneinigkeit über die in drei Richtungen gezerrten Kinder. Phantastisch wäre zu ergänzen, was nun noch im Geheimen vorfällt zwischen diesen drei Künstlern des Lebensabends; abschreckender die Aussicht, sie erführen von einem nachtragenden Briefträger, wer sonst noch am Ort *Die Zeit* aus Hamburg bezieht und darin unschicklich ausgestreut findet, unzulänglich versteckt in Initialen und Abwandlungen, was das offene Geheimnis ist der Nachbarschaft, aber als Geheimnis ihr Eigentum

»Der muss zu Silvester mitternächtlich von der männlichen Jugend erklettert werden, weil das nämlich immer so war...«

und dem in ihr aufgenommenen Fremden zur Teilnahme angeboten in der Zuversicht, er werde die Gastfreundschaft wahren, statt sie auszubeuten für Mitteilungen aus dem Alltag eines Schriftstellers. Ich verdiente ja wohl, auf dem Armesünderkarren aus der Stadt geführt zu werden! *Thank you all the same.*
Sie verweisen mich nun noch auf ein Kind in der täglichen Nachbarschaft; ich begnüge mich mit »Annie«. Das ist eine mir näher bekannte Hündin, die sich leider angestellt wähnt zur Bewachung eines von Mauern umgebenen Gartens, so dass mein nächtlicher Schritt ihr fremd vorkommt und sie noch lange mit zubeissendem Kläffen Fetzen aus dem ersten Schlaf ringsum reisst. Anderntags,

auf der Promenade, erkennt sie mich aus weitem Abstand, begrüsst mich aufs verbindlichste und übermittelt mir ihre beschwingte Laune, einmal der Sorge um ihre Neigung zur Fettsüchtigkeit vergessend, weswegen ich heute darauf verzichte, sie in den Armen zu wiegen, als wöge ich sie, denn sie erkennt den Unterschied zur Liebkosung und zieht leicht einen so verlegenen Flunsch, als wolle sie ausbrechen in Tränen. Nennte ich nun ihren behördlich beglaubigten Namen und ihre Wohnanschrift, auf ewig wäre uns der vertrauliche Umgang gestört. Gewiss, sie erführe erst etwas später, dass einer ihrer Freunde aus ihrer Schule geplaudert hat in der hamburger *Zeit.* Mir aber wäre die Unbefangenheit sofort verdorben, wüsste doch ich meinen Verrat. *Thank you very much!*

Was ich Ihnen vorführen könnte, ohne Leute meines Alltags zu schädigen in ihrem Geheimnis oder in einer Reputation, ist eine verabredete Gewohnheit, die sie alle gemeinsam benutzen, ohne Ansehen der Person, den täglichen Tag und sehr zum Nutzen ihres fremdländischen Gastnachbarn, dem sie damit die Manieren beschäftigen. Es ist die Art, wie sie sich bedanken, wie sie bedankt sein möchten, und bedankt sollen sie sein.

Der erste war ein Schaffner im Bus durch Herne Hill, der stellte sich auf neben mir und sagte *Thank you,* als ich erwartet hatte tickets, tickets!, so dass ich es noch eine Weile falsch hörte, bis mir aufging, dass er sich im voraus bedankte für das Geld, das ich ihm entrichten würde für den Fahrschein, worauf er sich von mir trennte mit einem *Thank you,* ein wenig verwundert davonsteigend, weil er von mir eine menschliche Regung vermisste, die da hätte heissen sollen: *Thank you.*

Es war das letzte Mal, dass es daran gefehlt hat. Wenn ich gelegentlich eine Eisenbahnfahrkarte erwerbe, so zeigt der Verwalter des Schalters sich erkenntlich mit einem *Thank you,* wie ich meine Verpflichtungen ihm gegenüber anerkenne mit einem *Thank you.* Der Knipser nimmt die Karte entgegen mit einem *Thank you,* und weil er ein Stück davon abzwackt, sich einer Mühe unterzieht, seiner Arbeit nachgeht und obendrein den Ausweis zur Fahrt mir zurückgibt, darf er von meiner Seite eines *Thank you* sicher sein. Der

Kontrolleur in London erkennt an dem vorgehaltenen Stück Pappe, dass es noch zu einer Rückfahrt berechtigt, er besiegelt seine Prüfung mit einem *Thank you,* und da er immerhin einen ganzen Blick ausgegeben oder verschwendet hat an mein Reisedokument, verschöne ich ihm diesen Sekundenteil mit einem *Thank you,* worauf ich mich wende an jenen Bahnbenutzer, der seinen Überseekoffer aus meinem Schrittweg räumt, mit einem entgegenkommenden, zivilisierten, unerregtem und dennoch gerührtem *Thank you.* Im Zug tritt manchmal eine Abart auf, indem ein Schaffner naht mit dem Ruf: Tickets, please! Der aber will keine verkaufen, der will die gekauften sehen, und jedem Passagier reicht er das seine zurück mit einem apologetischen *Thank you,* voll berechtigten Vertrauens darauf, dass sie ihm sämtlich mit einem erleichterten, selbstgerechten *Thank you* die verlängerte Geltungsdauer des gesellschaftlichen Vertrages bestätigen. Der Mann an der Sperre des Ausgangsortes sodann, er bedenkt alle dreiundsechzig abendlichen Rückkehrer, von den Halbwüchsigen an, mit einem individuellen *Thank you,* sofern sie ihm einen Fahrausweis ausliefern; muss einer nachzahlen, so ist dies erst fällig in dem Moment, da Geld und Quittung die Hände wechseln, in diesem Falle, wie Sie erwarten, und zwar mit Recht: zweifach, von jeder Seite eines. *Thank you.*

Sie betreten ein Gemüsegeschäft. In der Schlange vor Ihnen hören Sie des öfteren wiederholt eine Redewendung, die wird Ihnen bald geläufig sein. *Thank you.* An der Reihe, werden Sie von der Madam angesprochen mit einem *Thank you.* Denn immerhin haben Sie gerade diesen Laden für Ihre Bedürfnisse ausgesucht, augenscheinlich sind Sie willens, hier Geld auszugeben. Es ist an dem, zwei Pfund Cox-Äpfel wünschen Sie. *Thank you!* sagt die Madam, denn Sie haben ihr einen Auftrag erteilt, willkommen ist er ihr. Nun bedarf sie noch zu wissen: von denen oder von denen? *Thank you* sagt die Madam, sie gibt sich empfänglich für Ihre Antwort, auch haben Sie die teureren gewählt. Nun aber sagen einmal Sie *Thank you,* denn Sie tut Ihnen die Tüte in die Tasche. Des weiteren wäre Ihnen mit einem Pfund Tomaten geholfen. *Thank you* sagt die Madam aus Gründen, die Sie mittlerweile einsehen, und *Thank you* wenden Sie auf, weil sie Ihnen die empfindlichen Früchte so sänftiglich auf die härteren bettet. Zum Schluss fehlen Ihnen zwei Zitronen. *Thank you* sagt die Madam, es freut sie so recht, die los zu werden, nur ist da eine Frage: lütte? oder nicht so lütt? Sie antworten, und erhalten Ihren Lohn dahin mit einem *Thank you,* für das Sie sich revanchieren mit einem *Thank you,* wie es angebracht ist, wenn einem zwei Zitronen überreicht werden. Das wäre nun alles. *Thank you* sagt die Madam, den Hergang als Ganzes zu würdigen, und nennt Ihnen den Preis. Sie könnten ihr schlicht zwei Scheine hinhalten, umständlich fingern Sie die geforderte Summe in Kleingeld aus dem Portemonnaie, eigens angestrengt haben Sie sich, die Ladenkasse flüssig zu halten, »nice money« haben Sie abgeliefert, so dass Sie fast die mundartliche Vertraulichkeit eines *Thanks ta* erwarten. Das war ein wenig unbescheiden, so familiär werden Auswärtige erst in zwanzig Jahren behandelt; verabschiedet werden Sie in zwar vollgültiger Doppelmünze, jedoch in hochenglischer Prägung: *Much obliged.*

Ein paar Türen weiter steht hinter dem Ladentisch eine junge Dame, die begrüsst jedwede Anstalten zur Barzahlung, bestünde die in der abgezählten Summe oder einem unhöflich hochwertigem Schein, mit einem innig zugreifenden *Lovely!,* als hätte man ihr in der Tat einen Gefallen getan. *Lovely*...

Kleinere Handreichungen sind unter Brüdern und anderen Freunden dies wert: ein beiläufig abgeworfenes *Cheers.* Sie leihen jemandem Ihren Schreibstift: *Cheers.* Sie gestatten die Benützung Ihrer Zündwaren: *Cheers.* Sie halten einer ungefähr gleichaltrigen Dame eine Tür auf: *Cheers.*

Das andere *Cheers* verlangt dringlicher nach Wahrnehmung, nach Bestätigung. Das sagen Sie dem, der Ihnen ein Bier stiftet oder was immer Sie sich wünschen werden auf seine Aufforderung hin, Tio Pepe denke ich. Sie haben noch ein fast volles Glas? Sie möchten den Abend mässig verbringen? Sie scheuen sich, die Börse des Einladenden zu belasten? Sie möchten vermeiden, empfangene Wohltaten vergelten zu müssen? Sie sagen: *Thank you very much,* but I'm all right. Indeed. Ist in Ihrem Glas ein Anstandsrest, trotzdem wollen

Sie eine Weile noch so sitzen, so werden Sie um Entschuldigung bitten mit einem *Thank you very much,* but I must be off. Werden Sie nun annehmen? – Oh: sagen Sie, lächelnd, überrascht und erfreut wie Sie sind: *Thank you very much.* Erst kurz bevor Sie die erneuerte Füllung an die Lippen setzen, wenden Sie sich an den Spender mit Ihrem getragenen, aufdringlich ehrlichem *Cheers.* Die Orthodoxen werden solche Quittung honorieren mit einem feierlichen *God bless,* mit *good health!* oder mit *all the very best!* Frivole verlängern das letztere um den Zusatz *and all that jazz.* Nüchternere Naturen sagen etwas nebenbei: *Well. Yes. Cheers.*
Gedenken wir auch der traurigeren Möglichkeit, Sie stünden da unbeachtet, und der Mensch hinter der Theke sei weggetreten in ein Gespräch oder gemeinsamen Gesang, unempfindlich für die Leere in Ihrem Glase. Ein Kunde von ungeduldiger Wesensart bringt dann bittend vor: Yes, please –? Die Roués warten ihre Zeit, bis sie an sich erinnern mit mild vorwurfsvollem *Thank you.*
Dem Postboten, der einen an die Tür klingelt, sagt man *Thank you very much,* denn er hat schwer getragen. Stracks erwidert er *Cheers,* denn nun ist seine Last von ihm genommen.
Schliessen will ich mit einer Dankesformel, die mir jüngst zuteil wurde von seiten eines gediegenen Spaziergängers auf einer Bank oberhalb von Dover. Der hatte schon lange schweigend sitzen müssen im kalten Wind unter der blitzenden Sonne; jetzt kam ein Gefährte auf die Bank, den konnte er nach einer Weile ins Gespräch ziehen mit einem Befund über die klimatische Situation. Ein sauberes Wetterchen, gewiss! Es verging eine Weile. Dort drüben der Streifen im gleissenden Dunst, der konnte recht wohl die französische Küste darstellen, oder? Wir einigten uns. Es verging eine Weile. Als die Fremden Abschied nahmen voneinander, sagte der eine, als entrichte er gerne eine Gebühr: *Thank you for your company.*

Oh, seien Sie versichert, dass dieses England gearbeitet hat an meinen Manieren. Mein erster englischer Busschaffner stellte sich neben mir auf und sagte: *Thank you,* wo ich erwartet hatte: tickets, tickets! so dass ich es eben noch so lange gehört haben wollte, bis mir aufging, dass er sich im voraus bedankte für das Geld, das ich ihm entrichten würde für den Fahrschein, worauf er sich verabschiedete mit einem *Thank you* und ein wenig verwundert davonstieg, weil er von mir eine menschliche Regung vermisste, die hätte heissen sollen: *Thank you.*

Es war das letzte Mal, dass es daran gefehlt hat. Wenn ich mir gelegentlich eine Eisenbahnfahrkarte kaufe, so dankt mir der Verwalter des Schalters mit einem *Thank you,* wie ich ihm gegenüber meine Verpflichtungen anerkenne mit einem *Thank you.* Der Knipser nimmt die Karte entgegen mit einem *Thank you,* und weil er doch ein Stück davon abzwackt, sich einer Mühe unterzieht, seiner Arbeit nachgeht, und obendrein mir den Ausweis zur Fahrt zurückgibt, darf er von meiner Seite eines *Thank you* sicher sein. Der Kontrolleur in London erkennt den Charakter meiner Fahrberechtigung als einen zur Rückfahrt, er besiegelt seine Prüfung mit einem *Thank you,* und weil er immerhin einen ganzen Blick verschwendet oder ausgegeben hat an meine Reise-Ausrüstung, versüsse ich ihm diese Sekunde mit einem *Thank you* und wende mich an jenen Bahnbenutzer, der mir seinen Überseekoffer aus dem Schrittweg räumt, mit einem entgegenkommenden, zivilisierten, unerregten und dennoch gerührten *Thank you.* Im Zug tritt manchmal eine Abart auf, indem ein Schaffner naht mit dem Ruf: Tickets, please! Der will aber keine verkaufen, der will die gekauften sehen, und jedem Passagier reicht er das seine zurück mit einem apologetischen *Thank you,* voller berechtigten Vertrauens darauf, dass sie ihm alle einzeln mit einem erleichterten, selbstgerechten *Thank you* die verlängerte Geltungsdauer des gesellschaftlichen Vertrages bestätigen.

Der Mann an der Sperre von Sheerness sodann, er bedenkt alle dreiundsechzig abendlichen Rückkehrer, von den Halbwüchsigen an, mit einem speziellen *Thank you*, sofern sie ihm einen Fahrtausweis ausliefern; muss einer nachzahlen, so ist dies erst fällig im Moment, da Geld und Quittung die Hände wechseln, in diesem Falle, wie Sie erwarten, und zwar mit Recht: zweifach, von jeder Seite eines. *Thank you.*

Sie betreten ein Gemüsegeschäft. In der Schlange hören Sie des öfteren wiederholt ein Wort, das kennen Sie nun schon. *Thank you.* An der Reihe, spricht die Madam Sie an mit einem *Thank you.* Denn immerhin haben Sie gerade diesen Laden für Ihre Bedürfnisse ausgesucht, Sie sind wahrscheinlich willens, hier Geld auszugeben. Zwei Pfund Cox-Äpfel wünschen Sie. *Thank you!* sagt die Madam, denn Sie haben ihr einen Auftrag erteilt; willkommen ist er ihr. Nun möchte sie noch wissen: von denen oder von denen? *Thank you* sagt die Madam, als Dank für Ihre Antwort, auch weil Sie die teureren gewählt haben. Jetzt aber sagen einmal Sie *Thank you,* denn sie tut Ihnen die Tüte in die Tasche. Jetzt hätten Sie gern noch ein Pfund Tomaten. *Thank you* sagt Ihnen die Madam aus Gründen, die Ihnen nun schon geläufig sind, und *Thank you* wenden Sie auf, weil sie Ihnen die empfindlichen Früchte so sänftiglich auf die härteren bettet. Zum Schluss fehlen Ihnen zwei Zitronen. *Thank you* sagt die Madam, es freut sie so recht die los zu werden, aber da ist eine Frage: lütte? oder nicht so lütt? Sie antworten, und erhalten Ihren Lohn dahin mit einem *Thank you,* für das Sie sich revanchieren mit einem *Thank you,* wie es angebracht ist, wenn einem zwei Zitronen überreicht werden. Das wäre nun alles. *Thank you* sagt die Madam, denn sie will sich für den ganzen Hergang, pauschal so zu sagen, erkenntlich erweisen, und nennt Ihnen den Preis. Weil Sie ihr jedoch statt zweier Scheine die geforderte Summe umständlich in Kleingeld aus dem Portemonnaie herausfingern und ihr aushändigen, haben Sie sich extra angestrengt, die Ladenkasse flüssig zu halten, »nice money« haben Sie ihr gegeben, so dass Sie zumindest die mundartliche Vertraulichkeit eines »Thanks ta« erwarten. Das war ein wenig unbescheiden, so familiär werden Auswärtige (erinnern Sie Ihnen wohl) erst in zwanzig Jahren behandelt, und so werden Sie in zwar

vollgültiger Doppelmünze, aber in hochenglischer Prägung verabschiedet: *Much obliged.*
Und sollten Sie tatsächlich bis hierher gelesen haben, was bin ich Ihnen da schuldig? *Thank you.*
Thank you ever so much. Thank you for letting me tell you this. Wie, Sie sind noch der Varianten begierig? Ich sehe Sie auf Seite drei?
Nun denn, weil Sie es sind.
Kleinere Handreichungen, das Ausborgen eines Bleistifts, oder einer Streichholzschachtel, das Offenhalten einer Tür, das Anbieten einer Erfrischung ist unter Brüdern und anderen Freunden dies wert: ein beiläufig hingeworfenes *Cheers.* (Sie hatten gedacht an *Cheerio*, und ich glaube zu begreifen, auf welchem Wege Sie gelangt sind zu *Cheerio.* Man ruft es nämlich beim Verlassen einer Gesellschaft, eines Gastraumes, als Abschiedsgruss, und Sie vermuten da den Wunsch, allgemein Dankbarkeit zu bezeigen für die gemeinsam verbrachte Zeit. Das mag in Ihrem und in anderen individuellen Fällen so sein. Aber was fangen Sie an, wenn die zurückbleibenden Kerle und Gäste Ihnen nachrufen? Das tun die nämlich mit eben dem selben *Cheerio*, und nun heisst es: Glück auf den Weg! Mach's gut! Pass auf beim Weiterleben!). Dann gibt es noch ein anderes *Cheers.* Das sagen Sie dem, der Ihnen ein Bier stiftet oder was immer Sie sich von ihm wünschen werden auf seine Anforderung hin, Tio Pepe nehme ich an (wie schon einmal). Sie haben noch ein fast volles Glas? Sie möchten den Abend mässig verbringen? Sie scheuen sich, die Börse des Einladenden zu belasten? Dann sagen Sie: *Thank you very much, but I'm all right. Indeed.* Ist Ihr Glas aber fast leer, trotzdem wollen Sie eine Weile noch so sitzen, so werden Sie um Entschuldigung bitten mit einem: *Thank you very much, but I must be off.* Es bleibt nun noch, dass Sie annehmen. – Oh: sagen Sie lächelnd, überrascht und erfreut wie Sie sind: *Thank you very much.* Erst kurz bevor Sie die erneuerte Füllung an die Lippen setzen, wenden Sie sich an den Spender mit Ihrem getragenen, ehrlichen: *Cheers:* Die Orthodoxen werden Ihnen den Empfang dieses Ausrufs bestätigen mit einem feierlichen: *Bless you,* oder mit *Good health!*

oder mit: *All the very best!* Frivole verlängern das letztere um den Zusatz: *and all that jazz.* Mehr nüchterne Naturen sagen etwas nebenbei: *Well. Yes. Cheers.*

Liegt Ihnen daran, empfangene Wohltaten zu vergelten, wenden Sie sich an den Urheber, sobald dessen Glas bedürftiges Ansehen angenommen hat mit einem *Would you care to take wine with me?* (Ausser in Weinstuben.) Diesem Einfall kann begegnet werden mit *It certain would be a pleasure. Thank you!*

Gedenken wir auch der traurigeren Möglichkeit, Sie sässen da allein, und der Mensch hinter der Theke ist weggetreten in ein Gespräch oder gemeinsamen Gesang, ganz unempfindlich für die Leere in Ihrem Glase. Ein Mensch von ungeduldiger Wesensart bringt dann bittend vor: *Yes please –?* Die anderen warten ihre Zeit und erinnern an sich mit mild vorwurfsvollem: *Thank you.*

Dafür bekommen Sie ein *Thank you,* wegen Verbesserung der Auftragslage erst einmal, ein zweites *Thank you* beim Servieren, anlässlich der Erledigung der Bestellung, dem Servieren nämlich, und ein drittes, dies für die Auslieferung des Kaufpreises. Ihnen aber zu Gefallen ist das Bier gezapft und hingestellt worden, Ihnen zur Beruhigung wird Wechselgeld gegeben. Das macht Ihrerseits: *Thank you.* Und noch einmal: *Thank you.*

Schliessen will ich mit einer Dankesformel, die mir einmal zuteil wurde von einem, der das andauernde Schweigen schlecht vertrug: *Thank you for your company!* [21. April 1980]

[An mildernden Umständen wären noch anzuführen]

Nachdem ich den Brief an Sie auf den Weg gebracht hatte, fiel mir ein anderer ein, von einem Feuilleton an mich gerichtet mit dem Ansinnen, mit wieder einmal einem hochbrillanten Trick den Platz zu füllen, wo der guten Ordnung ein wenig Text erscheinen soll, als mit einer Antwort auf die Frage, welche Leute in meinem Alltag mich beschäftigen, vornehmlich in der Phantasie. Und unberaten, wie ich bin, rutschte ich in die Erwägung: Denen könnte man doch... die wären vielleicht still, wenn... dann wäre die Sache endlich vom Tisch. Ging hin und tat's. Das Ergebnis sehen Sie in der Beilage. Ich habe Ihnen den ganzen Brief noch einmal geschrieben.

Aber öffentlich. Und könnten Sie mir verzeihen? Hohes Gericht, solches ist mir hier zum ersten Male überhaupt unterlaufen. Es ist dabei auch verschwiegen, an wen jene phantastischen Mitteilungen denn gerichtet sind. Ich bitte um Pardon. Um Nachsicht. Um Gnade.

An mildernden Umständen wäre noch anzuführen, dass ich neulich beinahe überfahren worden wäre! Ging auf der eigens dafür aufgebauten Promenade so für mich hin, mit jenem tauben Blick auf die See, der das Erblickte augenblicklich vergisst, und wähnte mich sicher. Denn auf die Rampe steht aufgemalen, dass hier nur Fussgänger zugelassen sind, nie und nimmer Radfahrer, und den Autohaltern ist sogar das Parken verboten. Meine automatische Schallmesstechnik war demnach bloss eingestellt auf Leute auf Schusters Rappen, auf langsame Bewegungen, und es waren auch keine Dächer da, von denen jener Ziegelstein hätte fallen können. Schreckhaft aufgeweckt, fand ich mich in der Fahrbahn eines Kraftwagens, der mir mit geflissentlicher Eile entgegen kam. Auf dem Dach war ein Kasten aufgebaut mit den weissen Buchstaben POLIZEI, so dass es fast zu einer legalen Hinrichtung gekommen wäre. Im Sprung zur Seite erwischte ich gerade noch die beiden Uniformierten auf den vorderen Sitzen, hinter ihnen zwei zehnjährige Jungen, die bei einer

ihrer beliebten Untaten aufgegriffen waren und nun einer Strafe zugeführt wurden, die sie sich mit weit aufgerissenen Augen vorstellten, schwankend zwischen Entsetzen und Seligkeit. Von mir aber wird es nunmehr heissen in Kreisen der Polizei: Der hat ja Angst vor uns, der springt vor uns an den Rand, der läuft vor uns weg: der wird was auf dem Kerbholz haben, den nehmen wir uns mal vor demnächst. Welche künftige Wolke mir drückend über der Stirne hängt, und bitte ich Sie, dies milde in Betracht zu ziehen!
So ist es. Ich erdreiste mich eines zweiten Blattes.
Denn sonst fiele womöglich unter den Tisch, dass mein Versehen – du liebe Zeit, und »Vergehen« war was ich Ihnen hatte flüstern wollen! – nie an das Licht der Sonnen gekommen wäre ohne mein freiwilliges, mein freimütiges, wenn auch von den Erynnien gehetztes Geständnis. Ohne meine Lieferung der nötigen Materialien für eine Straf-Verfolgung. Mit der gebotenen Zurückhaltung ersuche ich, diese Mitarbeit zu berücksichtigen bei der Straf-Zumessung sowie auch zu erwägen, dass hier vielleicht schon jene tätige Reue am Werke ist, zu der Sie mich wohl mindestens verdonnern werden.

[21. Juni 1980]

[Bäume, Bäume]

Es sind nun an die sechs Wochen, die ich verbracht habe mit Nachdenken über den Brief des Verlags über den Baum und wegen des Baums, und ich bitte zu entschuldigen, dass ich Sie habe warten lassen. Obendrein wird das Ergebnis Sie enttäuschen:
Alle Bäume, mit denen ich bisher im Ernst zu tun bekam, habe ich unweigerlich weitergeben müssen an andere Personen, von denen ich sagen soll, ich hätte sie erfunden, obwohl sie für mich so wirklich sind wie ihr Bedürfnis, mit Bäumen zu leben. Beim ersten, den ich auf Dauer verlieh, einer Birke, ging mir das Ausmass des Verlustes erst auf, als er unwiederbringlich war; wie üblich bei Leuten, die mit dergleichen Sachen anfangen. Bei der zweiten Gruppe, einer Reihe Pappeln, schnitt ich mir ins eigene Fleisch schon in jenem Bewusstsein, von dem F. Engels festgestellt hat, Freiheit sei die Einsicht in die Notwendigkeit. Von zwei Walnussbäumen und einem anderen, ganz voller Amseln, dachte ich, sie seien in einer Heimatgegend sicher; es war dann diese Gegend, die verloren ging. Nachdem ich mich zu trösten versucht hatte mit unliebsamen Anmerkungen zu einem Menschen, der von Gesinnung wegen schrieb über »Bäume, Bäume im Volksmund, in der Sage, notfalls an der Chaussee«, war eine andere meiner Personen, aufenthältlich im fernen England, einer Rüster bedürftig aus meinen kargen Vorräten, und so habe ich sie denn ausliefern müssen an einen Hinterhof am Gaswerk von Richmond, heute gehörig zu Gross-London. Das sind die Bäume, die ich einmal hatte.
Wo ich jetzt lebe, ist der Kleinpilz graphium ulmi, im Verein mit dem ophiostama ulmi, kräftiger als die Bäume. Anders als Brockhaus sagt sind die beiden keines Weges zufrieden mit Schäden in Parkalleen und Alleen, von den kunstvollen Landschaften ziehen die in die nützlichen, und so sind schon nach wenigen Meilen Fahrt über Land mitten im Sommer kahle Bäume angetreten in den Hecken zwischen den Äckern, eine Parade von Skeletten am hellichten Tag, unbegrabene Tote, obszön dekoriert von kriechendem Gebüsch, dem zäheren. Die Gemeinde ist ohnehin arm, über ihre Kräfte ginge

J. BRADSHAW & SON

J. Bradshaw I.J. Bradshaw D.J. Bradshaw EST. 1910

Nurserymen and Rose Growers

Roses, Clematis,
Shrubs, Ornamental
& Fruit Trees. 9943

Tel: HERNE BAY 5415

MEMBER ASSN. BRITISH ROSE PRODUCERS – THE SIGN OF QUALITY

Busheyfields Nursery
Herne Common
Herne Bay
Kent
CT6 7LJ

27th June 1979

Mr. U.Johnson,
26 Marine Parade,
Sheerness,
Kent,
ME12 2BB

Dear Sir,

Thankyou for your letter of 13th June. We confirm that we will endeavour to obtain for you in the Autumn a white poplar (Richards).

We take it that it is your intention to collect the tree (assuming that we are successful in finding one) as we regret we would not be able to deliver it to Sheerness.

Yours faithfully,

J.BRADSHAW & SON.

»Die haben es wohl ein bisschen mit dem J., die Bradshaws.«
Auftragsbestätigung für eine Weißpappel.

die einzige Kur: dem im Leichenfleisch der Bäume, im verfaulenden Holz aasenden Ulmensplintkäfer durch Fällen der Stämme die Aaskost zu entziehen. Von den noch lebenden Bäumen kommen so wenige auf den Kopf ihrer Anwohner, es wäre für einen Gast ein ungehöriger Unfug, davon auch nur einen Teil zu wünschen.
Der mehr bescheidene Ausweg, und ein Beitrag zu Ihrem Unternehmen, wäre der eigene, ein von mir selbst gepflanzter Baum gewesen, und etwas zum Erzählen. Denn es fängt an mit Warten, nämlich darauf, ob die Busheyfields Nurseries von J. Bradshaw & Son gerade den von mir gewünschten Baumschüler in ihr Lehrinstitut kriegen werden. Wie in nur je einer Geschichte wird die Hauptperson einen Namen haben: Richards heisst so eine weisse Pappel. Es wird auf Umwegen zugehen, denn der Erzähler, ohne Auto und ohne Führerschein, soll seinen Richards selber abholen bei den Bradshaws, das ist aber über vier Stunden zu Fuss von hier. Nur eines fehlt noch: das Ende. Wenn überhaupt, ist Richards reisefertig im späten August, und sollte er je anwachsen im Garten hinter dem Haus, wäre doch mindestens ein Jahr lang abzuwarten, ob er da überleben will. Da wäre der Herbst des nächsten Jahres, da ist Ihr Baumbuch längst erschienen, und mir bleibt nur, Ihnen dafür Glück zu wünschen.

[20. Juli 1979]

[Fortsetzung]

Allerdings eine Fortsetzung kann ich Ihnen liefern, die Antwort auf Ihre andere Frage nämlich.

Seit Ende Juni hing Hoffnung im Wind, ein Treib-, ein Farbstoff für die Wolken, und wurde doch bloss ausgestrahlt von einem Zettel, in der Küche aufgehängt wie die wichtigeren Sachen. Das war eine briefliche Mitteilung der Baumschule J. Bradshaw and Son (J. Bradshaw, I. J. Bradshaw, D. J. Bradshaw), wonach die Firma den Auftrag bestätigte, eine Weisspappel aus der Familie Richards zu besorgen (wenn auch »in der Annahme, es gelingt uns, eine zu finden«). Gegeben hier und heute, mit zwei Unterschriften.

Besuch von der wichtigeren Art wird in die Küche gebeten, und der Besuch sagt: Die haben es wohl ein bisschen mit dem J., die Bradshaws. Wie es eben so ist bei einem Familienunternehmen. Dafür sind solche zuverlässig. Mitglied beim Britischen Rosenzüchterverband sind sie auch. Wissen Sie was? wenn die Pappel abgeholt werden kann, fahr ich Sie hin. Ach was, Kleinigkeit! Bin doch selber neugierig. Möchte doch wissen, wie die aussieht!

Für den Transport war gesorgt, nun kamen die Ratschläge:

– Also unbedingt mit der Hand pflanzen! drei Haltestangen mindestens! Manche schwören ja auf Draht, ich bin da mehr für gedrehten Sisal. Kriege ich ne Einladung zum Pflanzfest?

– Und giessen! und giessen! Und die kleinste Verletzung, auch bloss ne Schramme, sofort verbinden. Giessen? Solange sie jung ist, hat sie Durst wie ein Mensch! In einem Sommer ganz ohne Regen rühren Sie aus Wasser und fetter Erde so ein backige Gatsch an, das schmieren Sie ihr dick auf den Stamm. Denn Giessen allein tuts freilich nicht.

– Tja, der richtige Platz für eine Pappel! Die kriegt nämlich kräftige Wurzeln, was denken Sie, eine Länge von vierzig Metern müssen die aufrecht halten. Könnte sein, die hebt Ihnen eine Hausecke an. Und die Wurzeln kriechen Ihnen in die Leitungsrohre unter der Erde, dann ist Ihnen der Abfluss dicht. Bisschen Grausamkeit werden Sie schon aufwenden müssen. Es gibt da so ne chemische Lösung, die

muss man den Wurzeln durch die Rohre entgegenschicken, dann ziehen die sich ein. Dachte ich mir doch. Sind wir nicht alle gutmütige Menschen? Denn so aber muss sie in die Mitte vom Garten, und nun antworten Sie mal ehrlich: Sie wollen Ihrer kleinen Richards den Rasen opfern?
– Bei der Gemeinde müsste man fragen, zur Sicherheit. Denn wenn die junge Dame heiratsfähig ist, fängt sie an, übers Dach zu kucken, dann sieht man sie von der Strandpromenade aus, das ist eine Veränderung des Prospektes oder wie das heisst! Und wenn im Wind so ein langes Ende hin schwingt und her, ob das wohl die Polizei erlaubt?
– Ich höre da von einer Pappel, die Sie in Ihrem Garten hochziehen wollen, alter Sonnenanbeter. Eine? Bloss eine? Mit wem soll die sich denn unterhalten? Mit dem Kroppzeug von Gebüsch ringsum etwa? Braucht doch ne ebenbürtige Ansprache, so ein Baum. Ich hab da mal was läuten hören: standen im Westfälischen zwei Bäume allein auf einer Kirchenwiese, waren ganz allein mit einander, so ne Art Ehe seit drei Jahrhunderten war das. Kommt der Fortschritt nun einher, mit der grossen scharfen Scher' – kurz, die haben den einen Baum abgemurkst, der neuen Strasse zuliebe. Als sie fertig war, noch vor den ersten Autos, hat sich der vereinsamte Baum zu Tode gekränkelt. Sie setzen da Leben in die Welt, mein Herr. Wir könnten ja ne kleine Sammlung starten für eine zweite Pappel. Wie wäre das?
Tag für Tag stand sie schon da, noch klein vor einer mannshohen Mauer, silbrig flitternd vor dem Weiss.
Es war der reinste Aberglaube, der sie allmählich aus dem Gespräch drängte. Denn so ein Auftrag über eine einzelne Pappel, das ist kein Geschäft, das fällt fast schon in den Bereich der Dienstleistungen, da ist Vertrauen gut, da hält die Hoffnung fester.
– Tja: sagte der eine Bradshaw am Telefon. Es war Dezember, dennoch erinnerten sie sich der Bestellung. – Gesucht haben wir schon. Aber so eine, die Richards, die haben wir nicht gefunden. Schade, nich? Und was machen sie nun?
– Besser so: sagt der Besuch in der Küche: Vielleicht wäre sie jung

gestorben, an der Ulmenpest. Vielleicht hätte ihr das gar nicht gefallen, so wie wir leben.
– Für mich, sagt ein anderer: Wenn ich nicht hinsehe, steht sie da! fünfzig Meter hoch, wippt im Wind. Ich seh sie!
Das wäre das, und ich wünsche abermals, mit Ihrem Buch über Bäume ginge es besser. [12. Dezember 1979]

II

[Erkundungen]

Zu melden haben wir inzwischen Erkundungen in Sheerness-on-Sea, in der Gresham Street, in Croydon, Canterbury, Dover, Bornemouth, Herne Hill, Brighton, Herne Bay, Sheerness-on-Sea. Diese Liste zeigt nicht viel Anhänglichkeit für Bexleyheath.*
Wir geben das zu. Von Heide kaum [eine] Spur, das Feld ist zugestellt mit Reihenhäusern in wenig mehr als vier Mustern, durchquert von einem Broadway, der ein Gemeinwesen bloss herstellt als Einkaufsstätte; weiterhin erweisen sich Vorurteil und Unwissenheit der fremden Besucher in der Krankheitsbeschreibung Suburbia. Die sind blind von der Erinnerung an einen anderen Broadway, wo zwar auch das Verhältnis zwischen Lebensdauer der Gebrauchsartikel und dafür aufgewandte Arbeitszeit sein Peinliches hatte. Besser beraten wäre die Aufmerksamkeit der Touristen, richtete sie sich auf die vielen Männer, die nach der Arbeit, am Wochenende mit Lötkolben und Pinsel an den Giebeln ihrer Häuser tätig sind, auf den Nachbarn, der seinen Rasen nahezu jeden zweiten Tag rasiert, auf sie selber, die dem Vermieter seine Liebe zu eigenen Rosen treulich weiterführen, mit Gartenschere und Bindfaden in der Hand.
– It's a small house, but we love it; ermahnte uns der Inhaber der oben angegebenen Adresse zum Abschied, und wir gehen auf seinen Teppichen bloss auf Strümpfen. Er hat recht wie jene Leute, deren einer die Gartentüre aufmachen musste, wollte der andere sich in die Tasche greifen; bei ihm ist es die Kühlschranktür, die nur zu öffnen ist, wenn zwischen den übrigen Gegenständen in der Küche ein genau bestimmtes Verhältnis herrscht. Das soll uns eine Warnung sein. Also machen wir es wie die anderen und übernachten hier bloss.
Das Einkaufen liefert etwas Exotik mit dem nationalen Geschmack am Brot und im Fleisch, dem Kummer der Zugewanderten, und

* Aus Bexleyheath in der Grafschaft Kent hatte Uwe Johnson seinen Brief vom 4. August 1974 an Max Frisch gerichtet. Von diesem Ort aus hatte das Ehepaar Johnson nach einem Haus in England gesucht. [Anm. d. Hg.]

wieder nicht, wenn sie Läden wie CO-OP oder SPAR wiedererkennen oder die Wahl haben zwischen Smith's Radiergummi made in Germany oder einer Feinstrumpfhose namens »nur dee«. Wie anderswo steht hier eine junge Frau, den Blick starr auf das Spülmittel in ihrer Hand gerichtet und verrät allein durch die Kopfhaltung, dass es ihr Partner ist, der von hinten mit einer anderen Packung an sie herantritt, schon spricht sie vertrauensvoll ins Leere, hat ihn weder gesehen noch gehört und spürte seine Anwesenheit die ganze Zeit; übrig und bekannt bleibt die Frage, womit und wie sie das tut.
Das war im Supermarkt von Sainsbury, jenem, der sich gelegentlich durch die vorangesetzte Initiale J etwas Menschliches verleiht und der einem noch Streichhölzer verkauft, auf deren Schachteln er die eigene Firma lobt, good food costs less at Sainsbury's, es steht da aber auch gedruckt: Product of Czechoslovakia. Sollen doch die Tschechen und Slowaken ihre Wälder dem Todfeind opfern ... es sind recht dicke Hölzer, fast stämmig zu nennen.
Vielleicht ist es die Vorläufigkeit des Aufenthalts, die Wahrnehmung im Unverbindlichen zurückhält und den Aufstieg zur Erfahrung oder ins Urteil verhindert. So ging es mit den Jugendlichen auf der Hafenmole von Dover, die die gefangenen Fische lebend in Plastiktüten verenden lassen oder mit dem Fahrrad totzufahren versuchten; dagegen sah der fachmännische Schlachtakt bei einem Soldaten auf Urlaub geradezu human aus. So ging es bei einem Zwischenfall im nassen Wald bei Croydon, als eine Frau den abfahrenden Zug gerade noch erreichte, unbeherrscht schluchzend, weil sie von einem Mann belästigt worden sei, wobei der Schaffner sich in Hilfspolizei verwandelte und eine der Zuhörerinnen unter den Fahrgästen in der Vorstellung des möglichen Geschehens trocken aufschluchzte, selig im Genuss und dem Verschontsein davor. Es reicht zum Merken. Es will sich nicht verwandeln. Neulich in Bornemouth brannte die Küstenbepflanzung dicht hinter einer Reihe hölzerner Häuschen, prächtig kamen Feuerwehr und Polizei anmarschiert, dichte Trauben Zuschauer setzte die Szene an den Rändern an; da sass aber ein Badegast, zwar mit einem Becher Tee, mit dem Rücken zu dem an-

regenden Lärm des Schauspiels, so dass zu entscheiden wäre, ob der genug hatte von Feuern oder seinen Sonnenbrand im Schatten halten wollte. Es will dann aber keine Geschichte werden.
Die mitgebrachten Geschichten, allerdings, unterlassen solche Fluchtversuche.
In der Gresham Street nun ist der Sitz der Swiss Bank Corporation. Dort wurden wir in ein Kundenzimmer gesperrt, wie es im Fernsehen nicht vorkommt, selbst wenn man Geld abholt, statt es zu bringen, es war ein stumpfwindiges Loch, ohne Fenster und bloss ernährt von Klimaschlitzen in den Akustikwänden und Neonstrahl. Katharina sagte: Hier kann man sein Geständnis unterschreiben.
Unterschreiben mussten wir dann bei Mr. Burnier (sprich: Börni-i) eine ganze Menge, man kann es wohl Geständnisse nennen. Jedoch war er mit durchaus rechtlichen Manieren bemüht, uns hinzuweisen auf bestehende Vorschriften und Möglichkeiten, sie mit Achtung zu umgehen. Jetzt, nach gut zehn Banktagen, sucht er offenbar immer noch nach Leumundszeugnissen, damit er sich an die Führung eines Kontos für uns überhaupt traut. – Es gibt so viele böse Menschen: sagte er, sah Elisabeth an, darauf mich, setzte hinzu: in der Welt.
Bahnsteigplakate fordern uns nicht nur auf zum Erwerb von Gegenständen, zuweilen laden sie ein zu einer anderen Sorte von Verhältnis: What platform are you on today? THE TIMES. No pomp – just the circumstances*: THE TIMES. Sit down with a paper of standing! THE TIMES. Wir mögen uns nicht einlassen auf dergleichen Offerten, wir benutzen den Guardian.
Zuverlässig weiss ich eine Stelle, an der es weniger als Zufall erscheint, dass eine Sackgasse in diesem Land nicht, oder nicht dead end street genannt wird, sondern blind alley. Das wäre doch schon etwas. Des[sen] bin ich sicher in Sheerness auf der Isle of Sheppey.

* Anspielung auf »pomp and circumstance«, das am passendsten mit »Pomp und Prunk« oder umgangssprachlich mit »Tschingderrassahbum« zu übersetzen wäre, während »circumstances« den Kontext bezeichnet, in den eine Nachricht eingebettet ist. [Anm. d. Hg.]

Die »Kingsferry Bridge«, die seit dem 20. 4. 1960
die Isle of Sheppey mit dem Festland verbindet.

Gegen diese Insel ist reichlich viel einzuwenden, unfehlbar wird es mir vorgetragen. Es sei dort so gar nicht schön. Das gebe ich überraschend gefügig zu, denn zu beiden Seiten des Zuges ist schwer abstreiten, dass Obstbaumplantagen oder Roggenfelder in lieblicher Laubeinfassung verschwinden, sobald die Brücke über den Swale auch nur in Sicht kommt. Die kreidigen, moorigen Wiesen auf der Insel sind so gar nicht Garden of England (wenn denn ein Tourist diese eingebildete Floskel länger als von Dover bis Canterbury durchhalten kann). Es ist da nicht schön. Sind wir deswegen gekommen? Es trifft zu, selbst die Römer haben da nicht Villen gebaut, Expeditionen dahin werden ihnen bloss unterstellt, sind nicht nachgewiesen. Es ist so, Sheerness, etwa 14 000 Einwohner, wird in den sommerlichen Monaten deutlich umfranst von Badegästen, die sich bloss solch steinigen Strand leisten können oder zufrieden sein wollen mit Wandel und Verzehr auf der steinernen Deichpromenade (davon die meisten in Rollstühlen: wiederholt eine ungerechte Stimme). Sheerness liegt gar nicht an der See, wie es

amtlich zu behaupten sucht, erst ihm gegenüber hört das Nordufer der Themse auf, man muss wohl den Kopf ein wenig nach rechts wenden, will man das offene Meer zugeben. Dies gestehen meine Widersacher zu, auch die zwei Eisenbahnstunden bis Victoria Station und die drei bis zum Platz Heathrow. Aber schön sei es nicht, um wieviel weniger noch in den restlichen neun Monaten! Unversehens könnte ich diesen Zeitraum verwandelt haben in ein Argument, das verkneife ich mir. Grundsätzlich, dann erst recht, wird die Existenz des Gemeinwesens beeinflusst von einem Stahlwerk, da gibt es Streit mit der Gewerkschaft. Ein Rentner wegen Mundraubs in einem Supermarkt vor Gericht, nimmt die Strafe entgegen und äussert in seinem Schlusswort: er sei mit den staatlichen Zahlungen not too well off. Andererseits der Stadtpark am Broadway.
Ein hilfreiches Argument besteht aus einem Haus an der Marine Parade, im Aufbau den brownstones* New Yorks vergleichbar, tatsächlich etwa 1915 gebaut, auch in dichter Reihe stehend, aber verputzt und weiss gestrichen. Das hat unter der Treppe ein ausgebautes Kellergeschoss, tiefer als die Strasse liegend, das hat vorn als Ausblick besten Falles Passanten und Autos in merkwürdiger Verkürzung, nach hinten zwar den Garten. Wer da aber ein komplettes Büro unterbringen könnte und beim Schreiben nicht aus dem Fenster sehen will, dem macht das nichts. Die Ebene, zu der die Aussentreppe hinaufführt, hat nach Norden noch das Geländer der Promenade zum Gegenüber, darüber einen schmalen Streifen See (Fluss), schon nichts als Himmel. Da könnte man essen, beim Kochen muss der Ausblick über ummauerte Gärten, auf entfernte Haushinterfronten nicht allzusehr stören. Das schon. Das Stockwerk darüber hängt bloss noch aufs Wasser. Das schon. Und was die vierte Ebene angeht, die der beiden Mansardenzimmer nach Norden und Süden, so ist schon entschieden, dass sie meiner Nutzung entzogen sein würden, wenn.
Dies Wenn haben wir angefangen. Makler telefonieren, solicitors

* brownstones: rot-brauner Sandstein, der Anfang des Jahrhunderts bevorzugtes Baumaterial für komfortablere Wohnhäuser in New York war. [Anm. d. Hg.]

Das Haus an der Marine Parade 26,
»im Aufbau den brownstones New Yorks vergleichbar«.

bereiten Verträge zum Austausch vor. Unser bei Mr. Börnii deponierter Scheck würde reichlich genügen, mit Leichtigkeit auch noch für die Reparaturen. Die jetzige Besitzerin hat nichts gegen Deutsche als Nachfolger. Ein anderer Bewerber ist abgeschlagen und wird ohne Reue erinnert, da er aus solchem Haus eine Schublade mit Miniatur-Appartements zu machen gedachte. Bis zum 20. August sollte die completion of sale möglich sein. Was soll nun noch dazwischen kommen? Gewiss, es könnte Hindernisse geben. Das wird gesagt, versichert, hervorgehoben, als Glückwünsche ausgedrückt, und vermag doch wenig gegen den Sauerteig aus Misstrauen und Hoffnung im Hintergrund des Plans.

In diesem Haus gibt es ein Zimmer, von dem wir wünschen, Sie würden es benutzen mögen. Wir telegrafieren Ihnen, sobald es Ihnen sicher ist. [4. August 1974]

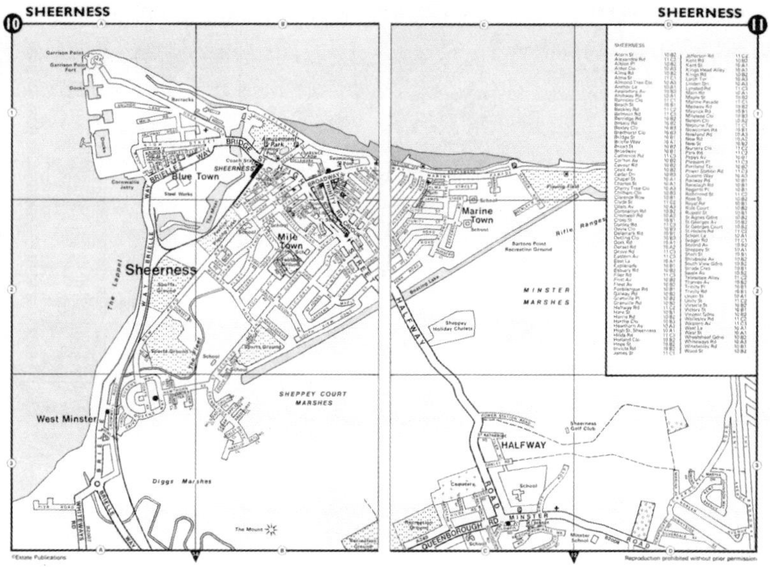

Stadtplan von Sheerness-on-Sea.

[In »Max Frischs Zimmer«]

In »Max Frischs Zimmer« verputzt der Maurer die Wand, damit sie Bücherregale halten kann. Auch werden Sie an dieser Stelle des »louvre window« eins bekommen, das heisst »purpose made window frames with two opening sashes glazed with doubled-glazed sealed units«. Auch werden Ihnen die originalen Flügeltüren rückerstattet, die den vorigen Bewohnern zu altväterisch erschien. Es sind mir bereits zwei Hämmer in der Hand zerbrochen.

Es war nichts mit der kalten, der dunklen, der wasserlosen Zeit, die wir hier vorzufinden meinten. Denn auch anders kann man ein Haus hinterlassen: Wenn die Neuen ohne viel Hoffnung die Hauptsicherung umgeschaltet haben, finden sie in jedem Raum mindestens eine Beleuchtung montiert. Zwar verstehen sie nicht, die Zentralheizung zu starten, das besorgt zwei Tage später die Gasanstalt, dann ist das Haus wieder warm und heisses Wasser fliesst aus den Hähnen. Es ist kein Schutt, kein Gerümpel in den Zimmern, vergessen wurde nur eine weibliche Unterhose und ein Füllfederhalter, Gold. Und erst spät, auf dem Fensterbrett der Mansarde entdekken die Neuen den Glückwunsch der weggezogenen Bewohner, die drei Pennies.

Von den Leuten in der Stadt werden wir gelegentlich auf unsere norwegische Herkunft angesprochen, weil wir manchmal Englisch sprechen können und die Kinder Norwegens dies in der Schule erlernen. Der Wirt des »British Admiral« sah uns an für Holländer, da wir ein Bier dieser Nationalität bevorzugten. Im »Seaview Hotel« aber gibt es Bier von Hürliman (»Swiss lager as its best«), im »Hero of the Crimea« wird eine Sache namens »Alp« ausgeschenkt, da mag man uns für sprachliche Wunderkinder aus Ihrem Lande ästhimieren. Eine Frau auf der Strasse, etwa fünfundfünfzig Jahre alt, glaubte in mir den Jungen zu erkennen, der 1940, achtzehn Jahre alt, auf dem Flugplatz diente, den die R.F.A. auf der Insel betrieb, bis die Deutschen ihn »ausradierten«. Manchmal komme Einer doch zurück.

[31. Oktober 1974]

[Wegbeschreibung]

Nun will ich Ihnen den Weg nach Sheerness beschreiben. Zunächst müssen Sie sich ein Hotel in London besorgen, denn es gibt auf der Insel kein einziges. Herr Bucerius* wird Ihnen Browns in der Dover Street empfehlen. Auch Faulkner hat es besucht.

Sie wollen zur Victoria Station. Sie können ein Taxi rufen lassen. Sie können aber auch die Dover Street nach Süden hinuntergehen auf den Piccadilly, dann sich rechts halten, bis vor Ihnen der Eingang zur Underground-Station Green Park sich anbietet. In diesem Bahnhof nehmen Sie einen nach Süden gehenden Zug der Victoria-Linie und sind auf der nächsten Station im Bahnhof Victoria. Wo da »Tickets« angeschrieben steht, stellen Sie sich hübsch in die Reihe wie die anderen auch und verlangen am Ende ein »day return to Sheerness-on-Sea«. Kostet ne Stange Geld. Nun suchen Sie sich auf der grossen Anzeigetafel die Züge nach Ramsgate oder Dover. Solche fahren zweimal in der Stunde ab, da können Sie sich dann einen aussuchen. Nach einer Stunde Fahrt, ungefähr, wollen Sie bitte in Sittingbourne umsteigen. Auf dem Gleis gegenüber fährt die Stichbahn nach Sheerness, noch einmal siebzehn Minuten. Von Sheerness nach London fährt der letzte Zug kurz nach zweiundzwanzig Uhr.

Sollten Sie uns telefonisch (07956-2931) ankündigen, welchen Zug Sie in Victoria wählen, werde ich Sie abholen. Im anderen Fall überschreiten Sie bitte die Strasse vor dem Bahnhof Sheerness und gehen auf die Tafel mit dem Stadtplan zu, den Sie längst schräg gegenüber neben der Telefonzelle erblickt haben. Dann heisst es nur noch sich rechts halten auf der High Street, dann sich links halten auf dem Broadway, bis der zur Marine Parade wird. Bei Nummer 26 müssen Sie klopfen, denn die Klingel ist kaputt. [4. Mai 1977]

* Gerd Bucerius war langjähriger Herausgeber der *Zeit*. [Anm. d. Hg.]

[Von Sheerness weiss ich ...]

Von Sheerness weiss ich mittlerweile zuviel, als dass ich es auf einmal sagen könnte. Es sitzt an der nordwestlichen Spitze (= ness) der Insel Sheppey –
It should seeme by the dedication of the name, that this Ilande was long since greatly esteemed either for the number of the sheepe, or for the finessese of the fleese ... (which passeth all other in Europe at this day, and is to be compared with the aunciant delicate wool of Tarentum, or the Golden Fleese of Colchos, it selfe) and for the abundant store of flocks ...: William Lambarde, A Perambulations of Kent, 1570. Und schon die Römer hatten dies als die Insel Ovinium in ihren Generalstabskarten.
– und beschäftigt sich industriell mit einem Stahlwerk, einer Hemdenfabrik, einem Betrieb zur Herstellung elektronischer Bauteile statt mit Gerberei und Kürschnerei.
Gegründet ist es am 18. August 1665, an welchem Tag nämlich Charles II die Ecke besuchte, unter anderem in der Gesellschaft des Marineministers Samuel Pepys, der davon in seinem Tagebuch schreibt:
To Sheernesse, where we walked up down, laying out the ground to be taken in for a vard to lay provisions for cleaning and repairing of ships, and a most proper place it is for the purpose.
Der Hafen wurde dann zu einer regelrechten Festung ausgebaut, denn die Holländer wollten wieder einmal frech werden, und am 10. Juni 1667, gegen fünf Uhr nachmittags, waren sie da mit ihren Kanonen und besetzten die Insel. »The damage done to the English at this island was estimated at more than 4 tons of gold. It is a beautiful and fruitful island.« Sheerness als Hafen der Kriegsmarine ist vor einigen Jahren aufgelassen worden, aber er hat sich bald berappelt mit starkem Güterumschlag in alle und aus aller Welt, neuerdings noch mit einer Auto- und Personenfähre zweimal täglich nach Vlissingen, welches wir aber Flushing nennen, because when in Rome ...
Zeigen würden wir euch eben die Nordsee, und die Steilküste bei

»An dem Mittwoch, an dem hier Sommer war«.
Von Uwe Johnson verschickte Postkarte der »Continental Ferry«.

Minster, und allenfalls Minster Abbey auf ihrem Berg, wo die Besiedlung 660 angefangen hat, oder nachweislich ist, als »Menasterie of Women«, weil es »Sexburga (the wife of Ercombert, a King of Kent) following the ensample of Eanswide, the daughter of King Ethelbald«, so gefallen hat. Sonst, ausserhalb der Orte, ist es meist eingezäuntes Weideland, meist flach, fast baumlos. Denn die Waldungen hat die Werft in den drei Jahrhunderten verschlungen. Sheerness mit seinen ungefähr 15 000 Einwohnern ist die Einkaufsstadt für die Insel (30 000 Einwohner insgesamt, etwa), so dass die beiden Hauptstrassen proppevoll sind tagsüber, ausser am Sonntag und heute, denn Mittwoch ist early closing day. Die eine davon führt vom Bahnhof in Richtung Osten und ist unterbrochen von einem kleinen Platz mit einem Uhrenturm darauf, den die männliche Jugend in der Silvesternacht besteigen muss, weil das immer so war. Da geht der Broadway ab, und je mehr er sich dem Verlauf des Ufers nähert, desto mehr nehmen die Geschäfte ab, und dann heisst er Marine Parade.

[13. Januar 1976]

[What brought you to Sheerness!]

Es ist etwas anders, als die bunten Bildchen auf der Aussenseite andeuten wollen. Für die Touristen, sind sie also zur Irreführung bestimmt. Ja, die

– ja, denkste –

Insel hat es einmal versucht mit Fremdenverkehr und Badebetrieb, sogar mit der darstellenden Kunst, da waren Margate und Ramsgate eleganter bestückt als diese Insula Ovinium. Im Sommer kommen Tagesbesucher aus London, deren Mittel hierfür gerade noch ausreichen, auch Wohnwagenbesitzer sehen bei ihren Lieblingen nach der Ordnung. Das Leben der Stadt, teils auch der Insel, wird bestimmt von einem ungefügen Klotz von Stahlwerk, in dem zerhackte Autos verwandelt werden in Blech für zu zerhackende Autos, also durch die Abhängigkeit von diesem Arbeitgeber, auch die nicht bloss gewerkschaftlichen Streitigkeiten mit ihm. Dafür ist es keine Schlafstadt, wie die zerlaufenen Siedlungen im stockbrokers' belt von Surrey in ihrem lieblichen Wohlstand, sondern eine hässliche, lebende Kommune. Wir haben da am Nordrand, zur fast schon ohne Gegenufer geöffneten Themsemündung, ein Reihenhaus von etwa 1912, das bei Ihnen ein brownstone hiesse, wie das unsere, da ist im Keller eine Fabrik, und darüber wird der Etrag verbraucht. Ertrag, meine ich. Kein sehr zufälliger Fehler.
»We are on very good terms with our neighbours. We almost never speak to them.« Das stimmt bei einem in Nummer 24. Wir hätten wohl diesen Entschluss nicht zustandegebracht mit der Vorkenntnis, dass dort ein »›Künstler‹« (Anführungszeichen als Beispiel für mögliche Aussprache) zu wohnen beliebt. Von denen wollten wir doch gerade weg! Zwar können wir immer behaupten, in Grafik gefehlt zu haben. Er fährt einen Jaguar, wenn er ihn auch benutzt wie andere Leute einen Apfelkarren: für Einkäufe, Kindertransporte. Nur putzt er jetzt schon in der fünften Woche an den Roststellen, ölt die Flecken, balsamiert sie mit Lack. Und bei der Oktoberwahl soll er ein Plakat für die Konservativen im Fenster gehabt haben. – Das stimmt nicht: entgegnen wir unverzüglich, da ist es heraus: Wir

»In dem Luftkissenfahrzeug zwischen Dover und Frankreich, dieser fliegenden Garage...«

sprechen doch mit Nachbarn. Wir verstehen sie nicht so gut wie es uns ginge mit der gebildeten Sprache eines Konservativen Künstlers (»»››»»), auf der Insel wächst ein eigensinniges Geschlecht und sagt »plice« zur gemeinen Scholle, berichtigt die Annäherungsversuche der Fremden gleich in das für sie reservierte hochsprachige »plaice«. Solche Leute sind das, die sagen »ta« für danke und »tada« für Tschüss; gegen die Konservativen sind sie obendrein. Mit denen reden wir schon, wenngleich wir uns Vorsicht halber mit »thank you« verabschieden.

What brought you to Sheerness! Fast in empörtem Ton wird das gesprochen, recht nebenbei und durchaus zum Überhören, so etwa bei dem fünften Ausprobieren der Bekanntschaft. [...] Was bleibt mir da übrig als ratlose Ehrlichkeit. That's what I am trying to find out. So geht es vielen Einheimischen, »we groan, we moan, we flee, we always turn back«; solche Ortswahl scheint an uns rätselhafter als etwa unsere deutsche Herkunft auffiele. Jawohl, der Ort ist am Weihnachtstag 1914 als erster in England überhaupt bombardiert worden, während der Schlacht um England zerschlugen die Deutschen den Flugplatz der Insel und ein Dorf gleich dazu, auch war dies die Einflugschneise der Nazibomber auf dem Weg nach London; die alten Leute erinnern sich wohl an den Krieg, auch jüngere stehen um das Mahnmal, wenn da gebetet und gesungen wird. Hat aber einer unseren früheren Wohnsitz aus uns herausgefragt, heisst es: Berlin. Beautiful City. I've been there. Remember the time when we had our honeymoon there. Would you care for a drink? Oh come on. Be a dashing fellow tonight! Zum Beispiel, and that is what I want to find out. [18. Dezember 1974]

Blick auf die »Esplanade« während einer Sturmflut.
Das Photo hatte Uwe Johnson vergrößern und rahmen lassen.

[Die Esplanade, gleich vor dem Haus]

Hier spricht jemand nur von sich selbst, und dennoch ist es mehr als Eigennutz, wenn ich Ihnen einige Anblicke während einiger Stunden von Nachmittagen erwähne. Es ist nämlich aus dem Fenster, und ich wünschte, Sie sähen das; wir zwei beide nebeneinandergleich vor dem Hause, wo an einem Sonntag wie diesem die ärmeren Leute aus London sich vergnügen möchten als Touristen angesichts der See, für mich und meine gute Frau Lassesman nur anblicklich von oberhalb der Hüfte und dennoch immer wieder eine nützliche Warnung vor Mangel an oder Geschmack von Freizeitgewandung. Dem folgen die Wellen der hier meeresähnlichen Themse, die so hoch oder niedrig auf die Steine schlagen, wie der Kalender des königlich-geografischen Gezeiteninstituts es ihnen nun mal erlaubt. Für einen unwissenden Betrachter wie mich sind sie auf eine weite Strecke hinaus bloss hell, scheinen ein wenig schmutzig, immerhin bewegt; es ist aber das letzte Drittel meines Blickfeldes as blue as blue can be, nämlich vorzüglich abwechselnd, vom Blassen bis zum Grauen bis zum Robusten in dieser Farbe. Darinnen und darauf, was kann ich einer Dame aus Königsberg schon sagen, Badende in verschiedenen Leidensstufen des Sonnenbrandes, Boote mit Segeln in modischer Farbgebung, manche davon sogar klassifiziert und viele geeignet, mir eine zwar stumme aber kritische Erinnerung an den Vorgang des Halsens zu vermitteln. Leute die paddeln, solche die von Benzinmotoren sich hin und her tragen lassen, und am Horizont, wo wir von Rechts, und der Kartografie wegen, die Südküste von Essex vermuten sollten, bloss ein Unterschied, kein Strich, etwas Verwischtes zwischen Wasser und Himmel, was gelehrte Leute für einen Horizont titulieren und welches also meiner ist. Nun hätte ich doch also fast vergessen, Ihnen jenen rabiaten Öltanker von British Petroleum zu gestehen, der just von rechts nach links, von Ost nach West durchs Fenster gestampft ist; das kam wohl daher, dass ich mich mit Ihnen im Anblick solcher Gegenstände einig meine. [3. August 1975]

[Schräg links gegenüber meinem Fenster]

Schräg links gegenüber meinem Fenster (Bild No. 1), obwohl für euch unwahrscheinlich, beginnt eine Hauszeile namens Neptune Terrace und hält in sich das Dauphin Café (= Kaff), wo ich mittags als warme Mahlzeit bacon und egg zu mir nehme, zusammen mit einigen Arbeitern, Gasablesern, Chauffeuren, die aber mehr deftige Sachen essen dürfen, weil sie weniger dick sind als ich. Dort ist am Wochenende ein Unglück geschehen. Die fünfte Besatzung des Cafés (seit ich es benutze), ein Ehepaar mit zwei in ihrer Entwicklung geschädigten Kindern, hat aufgeben müssen. Sie haben sich Mühe gegeben alle Zeit. Sie haben das Unternehmen, im Grunde bloss ein etwas unreinliches Zimmer, anziehender machen wollen mit einer Gardine in Zierstickerei über das Schaufenster. Sie haben für jeden der acht Tische neue Streuer für Salz und Pfeffer angeschafft, Plastik im Aussehen von Stahl, und wohl mindestens neunzig Pence hingelegt für ein Stück. Sie haben jeden Gast gegrüsst, beim Eintritt wie beim Weggehen. Sie haben es sich gemerkt, wenn einer regelmässig das selbe haben wollte. Aber selten waren mehr als sieben der neunzehn wackligen Stühle besetzt, und wenn die Familie in auftragsarmen Viertelstunden sich zusammen hielt an einem Tisch, schienen sie Zuflucht bei einander zu suchen. Es gab wohl auch Streit aus Angst; einmal lief die Frau, ein Stück Unglück schon in ihrer ungefüg verschobenen Korpulenz und ihrem Beharren auf schwarzer Kleidung, vor Aufregung und bis zu Tränen ohne Besinnung, durch die Stadt an den Leuten vorbei und übersah selbst einen ihrer Stammgäste, mich. Sie haben vergeblich gehofft auf den nächsten Sommer und die Touristen, am Freitag stellte die Frau weinend die Möbel übereinander; am Fenster hing eine ungeschickt geschriebene Bitte um Entschuldigung wegen der unzeitigen Schliessung. Am Montag begann eine neue Familie mit dem Wirtschaften, und ihre Vorgänger sind von der Insel verschwunden in ein Nichts, das ich mir vorstelle als ein kahles, dunkles teures Zimmer in einem Slum: bloss weil es einmal nicht gereicht hat zu den dreissig Pfund Pacht, die ein Mensch in Gillingham einstreichen darf, bloss weil er das Haus einmal hat kaufen können.

Bild 2 zeigt ein anderes Haus in Sheerness. Ich halte es für das einzige in seinem Stil echte, und am meisten belebenswert von allen. Leider wohne ich in einem anderen.

Bild 3 ist eine Ergänzung zur Adresse des Absenders (siehe oben). Im oberen Drittel, hinter dem Fluss Medway, verkommt die Isle of Grain, berühmt für einen jahrelangen Streik der Isolierarbeiter des Kraftwerks; dann jenseits der Themse läuft die Küste von Essex nach Westen. Das zweite Drittel, mit Hafen und Stahlwerk und verfaulendem Wehrgraben, umfasst den Stadtteil Blue Town, so genannt, weil die Royal Navy, die den Hafen bis 1960 militärisch nutzte, Blau als Anstrichfarbe bevorzugte und so nach und nach fast jede Tür der Arbeitshäuser in dem geklauten Ton geschmückt war. Das letzte Drittel zeigt etwa die Hälfte der eigentlichen, der Mile Town, hierin rechts oben die runde Stadtmitte, von der aus nach rechts und Osten führt ein Broadway zur Marine Town, die euch unsichtbar bleibt, wo ich aber dennoch mich befinde, euch Bericht zu erstatten. [...]

Bild 6 und 7 sind die Glanzstücke meiner Sendung, einmal wegen der grafischen Ausführung, wie sie James eben schon 1955 von der Hand ging, zum anderen, weil sie künden von seiner Wirkung in der Welt schon damals. Denn schon drei Jahre nach seiner Erstellung eines Bauplans für einen Schlipsknoten meldete das so genannte Nachrichten-Magazin DER SPIEGEL am 8. Januar 1958 unter »Personalien«:

Walter Ulbricht, 64, Erster Sekretär der SED, stellvertretender Ministerpräsident [...], erliess in einem Mitteilungsblatt der [...] Freien Deutschen Jugend eine Bannbulle gegen die Mode, Krawatten zum sogenannten »Windsor-Knoten« zu binden. Diese Knoten-Art sei ein modisches Erzeugnis der westlichen Männerwelt und ein Propagandatrick zur Festigung der »wackelnden englischen Krone«.

(Die Auslassungen sind diplomatischer Art, ohne Schaden für den Gehalt des Textes.) [29. Oktober 1980]

[Das Haus westlich von diesem]

Hier ist eine Redensart im Schwange, die da lautet: I'm all right, Jack (pull up the ladder). Jack ist darin jener im sicheren Boote, der seinem schiffbrüchigen Kumpel die Strickleiter hält. Nun dieser zuverlässig an Bord ist, kann ihm egal sein, wer da sonst noch schwimmt im kalten Unglück, weshalb er sagt: Von mir aus, Jack.
[...]
Habe ich Ihnen erzählt (wiederholten Dank für den Matjes-Hering), dass das Haus westlich von diesem, bisher auf das mausestillste bewohnt von einer gehbehinderten Dame, gleich nach ihrem Ableben verkauft wurde an einen Menschen, der es verwandeln möchte in vier Schubladen Wohnung über einander? Jetzt, während der Umbau-Arbeiten, erkenne ich mit ihren Ohren und Nerven, dass die Trennmauer bloss einen Stein dick ist. Wenn der Mann mit dem Hammer nebenan eine Pause macht, höre ich ihn gemütlich pfeifen. Nie weiss man, wann der nächste Schlag zu erwarten ist, jeder ist auf schmerzliche Weise überraschend. Wer hat das gesagt, es sei keine Lage so schlecht, als dass sie nicht noch verschlimmert werden könnte? Der wird für mich recht bekommen, wenn an diese Wand erst Leute gezogen sind, die sich an einem Pianino erfreuen, die lautes Getolle als nur nützlich für die Entfaltung der lieben Kinderseelen erachten, die an ihren Stereokästen nur einen Knopf zu bedienen wissen, den für volume, Lautstärke ... Dies als Vorsorge zu dem allfälligen Versuch, ein Darlehen zwecks Anbringung schalldämmender Platten zu erbitten.
Von der unaufhaltsamen Verschmutzung und Verelendung der Stadt Sheerness habe ich gewiss ein Wort fallen lassen. Nun muss ich die Unerfindlichkeit anstücken, dass die Behörde für Wasser Süd diese unsaubere Belanglosigkeit zu schützen gedenkt mit einer Erhöhung der Flutmauer vor dieser Hauszeile auch noch. Diesem Unternehmen vorangehen muss unausweichlich ein Abtragen des vorhandenen Dammes, mit allen Garagen, Lagerräumen und aufgesetzter Betonmauer, also Bewegung von schwerem Gerät, vom Bagger bis zum Schreitkran mit der dicken Betonbirne. Deswegen hat Wasser

Süd in alle Häuser den Beauftragten einer vereidigten Vermessungsfirma entsandt, damit er darin den baulichen Zustand aufnehme, als Versicherung gegen die Klagen, die als Folge des Abriss und Neubau von den Bewohnern erwartet werden. Mit brechenden Wänden muss man also rechnen, mit berstenden Fenstern desgleichen. Ich trage Ihnen dies keines Weges vor in der Erwartung, dass es wohl tut zu klagen (eine ausreichend irre Hypothese) sondern um Sie für eine Weile, so an die zwei Jahre, abzuhalten von der Erkundigung, wie es mir denn so gehe. Sie werden es schon wissen: Beschwert.

[26. August 1982]

[Warnung vor der Gegend]

Es ist mir eingefallen, dass Sie womöglich einmal ganz heraus sein wollen aus der westdeutschen Republik, und für diesen Fall biete ich Ihnen mein Haus an. Es hat auf der obersten Etage zwei Zimmer, darin können drei Leute schlafen, oder die Kriminalromane studieren, die ich da versammelt habe. Das Haus ist geräumig, so dass unterschiedliche Tagesabläufe einander kaum in die Quere kommen müssen. Von der See ist es getrennt durch eine Strasse und die Strandpromenade, auf der Rückseite bietet es einen Rasengarten, da kann man aber auch Tischtennis spielen. Wenn aber einer Gastarbeiter sein will, findet er einen Schreibplatz mit Maschine. Die Stadt wird Sie langweilen, aber nach London fährt man mit der Eisenbahn anderthalb Stunden, und Canterbury wie Dover sind in der Nähe. Mir wäre auch die Katze willkommen, aber nach den hiesigen Tollwut-Gesetzen müsste sie auf sechs Wochen in Quarantäne, so dass ihr am Ende eine Pension bei Ludewig Kurlbaum* lieber wäre. Sheerness hat täglich Fährverbindung mit dem Kontinente, wie wir Angelsachsen sagen, nämlich mit dem niederländischen Vlissingen, das wir in unserer eigenen Art aber nur anerkennen als Flushing.

Sie werden sagen, dies sei eine Sache, die müsse man sich gut überlegen. Eben deswegen bringe ich diesen Vorschlag schon jetzt vor, und zur Warnung lege ich drei Ansichten der Gegend bei.

Gestern habe ich etwas gesehen, das erhöhte mein Begehren, die Gesetze einzuhalten und zu ehren. Am Strand hockte ein junger Mann, und sammelte zwischen den Kieseln und aus dem Sand den Abfall, den die Badegäste hinterlassen hatten, in schwarze Müllsäcke, und während er zwischen ihnen hin- und herkroch, hütete er sich wohl, sein Gesicht den Spaziergängern auf der Promenade zuzuwenden. Denn was er da tat, war so genannte Gemeinde-Arbeit, ihm von einem hohen Magistrate aufgebrummt an Stelle einer Ge-

* Es handelt sich um eine Pension in Lüchow-Dannenberg, die H. J. Schädlich Uwe Johnson empfohlen hatte. [Anm. d. Hg.]

Die »Esplanade« und die Häuser an der Marine Parade im Vordergrund.
Die Farbphotographie hatte Uwe Johnson vergrößern und rahmen lassen.

fängnisstrafe, die er sich mit einem kleinen Einbruch oder betrunkenem Unfug verdient hätte. Dass er da beim Abbüssen zur Schau gestellt wurde, wie an einem Pranger, wird ihn wohl ärger ankommen als die Zelle.

Anders denkwürdig begegnete mir heute auf der Promenade ein Hund, ein verfetteter Labradormischling, und ganz hundemässig, eilends und eifrig, trottete er im Gefolge der alten Frau, die seine lose Leine in der Hand hielt. Aber obwohl er die Lippen höflich geschlossen hielt und ein steifer Wind genug Lärm stiftete, war dieser Hund zu hören! Fragen Sie Ihre Tochter, vielleicht wird die es raten: dem Hund, und ganz zufrieden schien er damit, war eine Schelle umgebunden. Ob er wohl die Katzen vor sich warnen sollte?

Nun werde ich gleich nach Rostock fahren und Ihnen eine Zeitung kaufen. [7. Juli 1978]

– Tag. Wie gehts.
– Tag. Mies. ’ch war erkältet, bis dicht an die Grippe, sitzt immer noch drin. Sheba ist tot. Champagner?
– Ach. Champagner, ja. Bitte.
– Heute morgen um zwei kam der Arzt und hat sie fertig gemacht.
– Nee nich vom Hahn. Flasche.
– Als ich es Charlie sagen musste, er konnte es nicht fassen. Vor einer Woche hat er sie noch gesund gesehen. Meningitis.
– Prost, du. Schrecklich.
– Konnte das Gleichgewicht nicht halten.
– War vielleicht besser so.
– ’ch geh mal raus.
– Es nimmt ihn ziemlich mit.
– Wo es doch seine war.
– Eineinddreissig, bitte.
– Durfte ich doch sagen. Wenn das Gehirn einmal beschädigt ist. Wär doch ein Hundeleben gewesen. Aber nein. Muss er gleich raus gehen.
– Nee Charlie, das will’ch dir sagen: Lass dich nich mit einer Sheba ein. Hängst dran.
– Ich versprechs. Du kommst ja nich in Versuchung, auf dem Schiff das ganze Jahr.
– Michael, Charlie will dir was kaufen.
– Champagner.
– Joe, dir auch.
– Halben Liter Bitter.
– Wie sie auf dem Sofa am Fenster sass, die Nase zwischen den Vorhängen, treu wartend auf Col.
– Col.
– Col ist heute mittag weggegangen zum Trinken. Traute sich nicht in seine eigene Kneipe.
– Da sass Bert. Bert hat Schwielen am Gemüt. Geht hin und sagt Col ins Gesicht: Es gibt Tausende davon, alle Arten –

»The Napier«. Hinter dem Fenster auf der linken Seite
befindet sich das »Pub«, hinter dem auf der rechten die »Lounge«.

– Die durchdringende Stimme von Bert.
– Nichts gegen ihn.
– Klar. Aber Col hat ihm Bescheid gestossen: Du lebst auch nicht mehr lange! Da oben wartet Tom Brown auf dich!
– Jeff. Pst. Jeff. Wer ist Tom Brown.
– Galt zu Lebzeiten als Bösewicht. Ist wohl kaum im Himmel.
– So. 'ch bin wieder da. Jetzt hab'ch's überstanden.
– Na, Ron –?
– Ja doch! Brandy.
– Tritt lieber bisschen kürzer, du.
– Aber Col. Col. Kenne ihn seit dreissig Jahren. Hab ihn nie weinen sehen.
– Ausser Elefanten.
– Was ist dir, Charlie.
– Elefanten leben mindestens so lange wie du.

– Länger.
– Platzfrage.
– Klein anfangen.
– Tag. Wie getts.
– Rons Sheba ist tot.
– Ich hab zu Col gesagt: Sie sieht dich nicht! Sie ist blind!
– Ja wenn sie so zur Familie gehört hat.
– Col musste sie gestern den ganzen Tag die Treppe rauftragen.
– Sie roch ihr Abendessen, konnte nicht hingehen. Hab ich vor ihr gekniet und sie gefüttert. Wie ein –
– Dreieinhalb Jahre ist sie geworden. Eine Schande isses.
– Du musst dich entscheiden! sagte ich zu Col!
– Ron gehört ins Bett.
– Und wie ungerecht wir den Arzt verdächtigt haben: dass er uns ausnimmt. Sagt er: Mein lieber Ron, schon vor einer Woche hätte es aus sein können. Du wolltest pro Tag zehn Pfund für Pillen und Spritzen bezahlen! Und ich wollte es. Sagt er: Sie kann noch eine Woche leben, für fünfzig Pfund Arztkosten, und noch eine Woche. Wenn sie bloss am Leben bleiben soll –
– Da hast du dich entschieden.
– Für mich war die Sache gelaufen, als sie vom Krankenhaus in Canterbury zurückkam. Aber Col hat noch gehofft.
– Tag. Wie gehts.
– Sheba ist tot.
– Oh?
– Heute morgen um zwei.
– Ich geh jetzt.
– Michael. Trink aus. Du gehst mit. Er ist imstande und tut sich was an.
– In Ordnung.
– Wie nett sie einen ankucken konnte.
– Prost, Charlie.
– Was so ein jugendlicher Elefant wohl kostet?
– Verstand ja Englisch, Sheba. Jedes Wort.
– Col sitzt im Büro. Allein.

– Ron ist zum zweiten Mal rausgegangen. Konnte nich mehr.
– Nee Charlie, für mich: nichs. Ich bin heute abend der einzige von uns dreien, der fest auf der Erde steht.
– Für dich wird es einmal jener Urlaub sein, in dem Sheba starb.
– Mensch ja.
– Jeff, dein Wort gilt doch. Ron will für Col eine neue besorgen, zum Geburtstag. Im Februar!
– Dafür sorg ich, Charlie. Und eine andere Farbe wird es auch. Überhaupt die Art. Ob goldene oder anthrazitne Haarfarbe, kein Neufundländer kommt in Frage. Col würde immer Sheba in ihr sehen.
– Siehste.
– Danke.
– Bleib noch.
– Macht 7, 22, 31, 5 – zusammen?
– Tag. Was ist denn los?
– Sheba. Sheba ist tot.
– Oder Schildkröten. Schildkröten! [11. Januar 1975]

Von Uwe Johnson aufbewahrte Annonce zur Wiedereröffnung des »Seaview«.

[It's all in the mind, Charles]

Erzählen kann ich Ihnen nicht viel, denn ich bin durch einen Infarkt gelaufen und gehe selten aus dem Haus. Doch, gelegentlich auf ein Bier ins Seaview, wo sie mich als Charles, Charlie anreden, denn sie möchten mich doch anreden. Da erfährt man so das Wichtigste. Wenn also eine Linda Gibbons (sagen wir mal) redet, dann hat ihr Mann gelogen. Der will einen schlichten Unfall gebaut haben. In Wahrheit giftet er sich über die gerichtlich verfügte Trennung von der Frau und den Kindern, da hat er also einen grossen Hammer genommen und der Frau den Wagen zertrümmert bis auf den Schrottwert. So ist das. Ja, dann. Auch lerne ich dort die englische Sprache. Das macht jenen verkleideten Mecklenburgern Spass. Wenn von einem gesagt wird, he is going around the bend, bekommt meine Frage erst mal einen Vogel gezeigt und dann die Übersetzung in furchtbar schnelle Slang-Entsprechungen, so dass ich fast gar nichts verstehe und nur das salonfähige »bats in the belfry« erwerben kann. Und immer noch fragen sie mich nicht schlicht nach dem Ergehen, sondern ob ich den gesundheitlichen Zwischenfall überstanden habe, besorgt noch drei Monate danach, haben auch am Anfang Abgesandte geschickt, weil ich so unerklärlich ausblieb. Und wenn man weggeht, sagt man zu allen Cheerio, am schicklichsten aber: Tada. Sie werden mir nun nachweisen, dass das Oxford Dictionary dieses Wort aus der Kindersprache als »tata« verzeichne. Ja, aber wir sind doch nicht in Oxford. Wir sind auf der Isle of Sheppey, der insula ovinium, da bestimmen doch die Leute selber, wie sie sprechen. Übrigens haben die Leute im Seaview mir gestern abend auf Ehre versichert, Englisch sei keine Sprache, sondern ein wüster Mischmasch aus Keltischem, Dänischem, Romanischem, etc., den Mitbringseln der Eindringlinge, und das wahre Englisch werde hinter den Bergen gesprochen, im Walisischen. Ja: sage ich: Meine Frau sagt auch. Die Ureinwohner seien eben höfliche Menschen gewesen, sind einfach weggegangen von den Fremden, die da ankommen und wollen Streit. Das geht dann daneben, so kann man das doch wohl kaum sagen. Worauf ich nachtrage, es sei doch so viel übrig geblieben von der Höflichkeit, und wir beide wunderten uns in einem fort darüber. So mag das angehen: sagen sie dann, und: It's all in the mind, Charles.

[23. September 1975]

Oh möchte doch dieser Brief den von gestern einholen! Denn ich habe Ihnen gestern etwas geschrieben, das war anders. Nämlich, gestern abend im Seaview ist mir die nachdenkliche Frage gekommen, ob denn der Mann von »Linda Gibbons« wahr und wahrhaftig mit dem Hammer ... aber keine Spur, Charlie! He jumped up and down on the bonnet and everything, he is a biggish man, you know. Der Rest stimmt, zu brauchen ist das Auto nur noch für das Stahlwerk von Sheerness, wo sie kaputte Autos einschmelzen zu Blech, das zur Anfertigung neuer Autos dient.
An dieser »Linda Gibbons« sind wir noch eine Weile hängen geblieben. Seit der Trennung von ihrem Mann arbeitet sie als Stewardess auf unserer Fähre ... jetzt schütteln Sie den Kopf. Doch, Sheerness hat eine Fahrzeug- und Personenfähre, und nicht etwa über die Themse nach Essex, nein, nach Vlissingen in den Niederlanden, wozu wir Angelsachsen selbstredend Flushing sagen, zwei Abfahrten in beiden Orten täglich, sieben Stunden Fahrt. Abends so kurz vor sechs sehen wir sie quer über das weite Wasser auf den Hafen von Sheerness zuhalten, eilig wie die Feuerwehr und in der Ferne gemahnend an ein kleines braves Postschiff, das sich auf den Stall freut. Dabei ist sie mindestens so gross wie die »Halberstadt«, mit der wir vor zwei Jahren Warnemünde aufgaben, um in Gjedser anzukommen, nur dass unsere in ihrer Bescheidenheit auf Eisenbahnwagen verzichtet und sich begnügt mit Bussen. Da arbeitet die Frau, das reicht noch zur Bezahlung einer Aufsicht für die immerhin sämtlich schulreifen Kinder, nun kommen die Leute von der social security, einer Art Arbeitslosenunterstützung, und verlangen von ihr, sie soll den job aufgeben und von der Stütze leben, den Kindern zuliebe, die so aber sich besser befinden. Ist denn das eine Art! Das machen im westlichen Deutschland aber viele: sagt Charlie. Ach was, kein Vergleich! Joe Francis Adams, der übrigens Charlies Tochter in sein Haus nimmt für die Dauer von Charlies Reise auf den Kontinent (wie wir Angelsachsen gar nicht umhin können zu sagen), Joe hat in seiner ureigenen Strasse, paar Häuser schräg gegen-

über, einen ähnlichen Fall, einen Arbeitslosen auf Stütze, der geht morgens mit einem Regenschirm (also nun aber wirklich!) spazieren, während Joe auf Arbeit fährt. Er würde dem am liebsten jedes Mal eine knallen, wäre es nicht so undenkbar unhöflich. Da sitzen wir also, Steuerzahler allesamt, und fragen uns, wohin das führen soll, where is it all going to end. Das aber ist ein Ritual, darauf muss man im Chor respondieren: In the great big Shepherd Neame Beer factory up in the sky – hallelujah! [24. September 1975]

[Das ist der echte Charlie]

So halb voll ein Blatt, wie sieht denn das aus. Was machen wir da. Wissen Sie was, ich werde Ihnen etwas von Charlie erzählen. Denn am Sonnabend war ich wieder einmal im Seaview. [...]
Das ist der echte Charlie, ein autochthoner Inselbewohner womöglich, ein ausgemergelter kürzerer Mann über die Siebzig. Der Unterkiefer steht ihm vor so schräg, ich erschreck mich fast jedes Mal. So mager im Gesicht. Weisses Haar, unverkennbar uralt, aber sehnig genug, dass er Gartenarbeit verrichtet, so unter anderem für Elisabeth. Charlie ist verheiratet, sagen sie mir, aber Gebrauch macht er da keinen von, sagen sie mir dazu. Seit Jahrzehnten nicht. Die Frau und er wohnen in einem Haus, aber jeder kocht für sich alleine, jedes Gespräch unterbleibt. Alle paar Jahre nun wollen die von einander geschieden sein, bisher immer ist es ihnen misslungen, das Gericht zu überzeugen. Dies Mal hat sie die Klage angestrengt, und Charlie ist guter Hoffnung. Sagen sie ihm auf dem Gericht: Unterschreiben Sie hier und versichern, dass Sie in Zukunft absehen von allen Versuchen, Ihre Frau zu erdrosseln! – Wieso: sagt Charlie, bisschen viel is es ja. Das hat die Frau als Begründung für den Wunsch nach Trennung angegeben. Charlie – er kommt der Frau doch nicht mehr als zwei Yards in die Nähe; er vermeidet doch, sie überhaupt anzusehen – ist ein Gentleman, unterschreibt. Kommt traurig ins Seaview, abermals gescheitert. [...]
Wir durften ja nicht lachen, aber Sie bringen es hoffentlich fertig.

[29. September 1975]

[Das Seaview hat mich wieder]

Das Seaview hat mich wieder. Als Charlie gestern abend reinkam, sass Joe schon wo er immer sitzt, und Col machte ihm das erste Bier. Am Sonntagabend hat Charlie von Joe sein Kind zurückbekommen, Joe hat sich hingesetzt in Charlies Haus und seine Frau reden lassen, hat auch getrunken von Charlies Wein, aber jetzt sagt er bloss: N'Abend, Charlie, und zu Col: Und eins für Charlie. Na was werde ich denn so wohl versäumt haben: Nüchs, eintlich. Bloss Michael wär fast hinüber gewesen. Legt sich eines Nachts duhn an den Strand, wo die Wasserlinie eben war, schläft ein, und wäre jämmerlich ersäuft worden von der einkommenden Flut, wenn da nicht ein Wanderer des Weges gekommen wäre. Ja und Col hat gestern von wegen der Innung einen hellen Haufen Gastwirte bei sich gehabt, und gegen dreiviertel fünf hat er, in seiner Eigenschaft als Hausherr, zu einem Al sagen müssen: Du gibst mir die Autoschlüssel, du fährst nicht, ich fahr dich nach Hause. Al: Due kannst ja gar nichs anfangn mit ein vockswaggn van. Col: Wenn ich nichs anfangn kann mit ein wockswaggen Bus issa was falsch an. Richtich. Fährt Col Al nach Hause, und Al greift immer in die Gangschaltung und findet alles falsch, und war es auch, aber von Al. Stehen sie vor dem Haus, sagt Al: Du, meine Frau bringt mich um, fahr weiter. Col ist inzwischen aufgegangen, dass er sich in die Wüste befördert hat, ohne eigenen Wagen zur Rückfahrt dasteht, fährt nach Minster, klopft da bei einem Freund an die Fenster, bittet um Vermittlung eines Taxis nach Sheerness. Denn inzwischen ist er von Al gefahren worden. Ach was, Taxi: sagt die Frau des anderen Freundes, ich muss um acht zur Elternversammlung, da nehm ich dich mit. Col bleibt bis acht, und auf Gin umsteigen muss er auch, in welchem Zustand er sich einen Fünfer leiht, aber was er sonst angestellt hat, etwa mit der Frau, ist ihm sämtlich entfallen, so dass er abschliessend sagt; uns allen etwas fürs Leben ratend: Bloss hinterher nich fragen. Und der Mann war heut morgen hier, hat seinen Fünfer genommen. War wohl doch allns inne Schicklichkeit. – Bis zu dem Zeitpunkt, wo du dir den Fünfer geliehen hattest: kann Charlie sich nicht verkneifen zu sagen,

Uwe Johnson 1982

und jetzt lacht Joe zum ersten Mal mit seinem schweren Gesicht. Denn einen Kummer hat er. Ron kommt rein und ist wie gewohnt verbittert. Das Leben ist eine Gemeinheit, et cetera. Aber niemals wird er sich in ein Irrenhaus begeben, worin er sich übrigens bereits befinde. – Und wir sind die Wärter: sagt Charlie. – Und der Patient spricht nicht auf die Behandlung an: ergänzt Joe. Jetzt sind genügend Leute da, nun kann Joe allen erzählen, wie Charlie mit dem mitgebrachten Mikadospiel nicht nur Sohn Graham, sondern die ganze Familie auf den Kopf gestellt hat, dieser Charlie mit seinen verrückten Einfällen, und die Frau ist zu rein nichts mehr gekommen und zu gebrauchen wegen des grossmächtigen Malkastens, den Charlie für sie gekauft hat auf dem Festlande. Das dauert lange.

Dann sind sie einmal für zwei Minuten allein an der Bar, und Joe sagt sehr beiläufig zu Charlie: Du, es war angenehm, dein Kind im Haus zu haben. Charlie ist sehr verlegen und versucht sich zu bedanken. Joe erkundigt sich etwas ängstlich, wie es denn Charlies Kind bei ihm gefallen habe. Charlie versichert ihm das Allerbeste, die Wahrheit, und gottlob ist er jetzt dran, Joe ein Bier zu kaufen. Denn er hat ein schlechtes Gewissen, ein Geschenk für Joe hat er wegen der nebligen Zustände auf dem Flughafen Hannover verpasst; übrigens will er nun lieber gehen. Charlie aber geht immer fünf vor acht, Joe behält die grosse Eisenbahnuhr an der Wand im Auge, er spendiert Charlie doch noch ein Bier. Iss'n gutes Kind, deine Tochter: sagt er: Wolltest du nich im Dezember auf zehn Tage nach Jugoslawien?

Es war tatsächlich Nebel über Mitteleuropa am Sonntag, der Flug ging nicht um neun ab sondern um halb vier, und wer dann vom Mittagstisch in die Maschine gerufen wird, schafft den Umweg in den zollfreien Laden nicht mehr. Charlie sucht reichlich bänglich nach einer Gefälligkeit für Joe, aber wie soll er das anstellen, wenn Joe Charlies Frau schon wieder einen Spezialisten für Sicherheitsschlösser vermitteln will. Das mit Jugoslawien stimmt leider auch.

[28. Oktober 1975]

[Da sitzen die Kerls]

Nun will ich Ihnen eine Viertelstunde aus dem Seaview erzählen.

Da sitzen die Kerls und klönen schon eine dreiviertel Stunde, da ist einer gestorben, na das ist ein Segen, ein unkenntlicher, weil eingetreten in Verkleidung, oder: der Schlachter, der im Konsum von Halfway für den regulären einsprang und sich nach einer Woche am Samstag um halb drei entschloss, mit der Wocheneinnahme der Zweigstelle zu verduften, der war einfach empört über die Nachlässigkeit der Zentrale, die einfach nicht kontrollierte, ob er seine Verpflichtung zur täglichen Einzahlung der Tageslosung in der Bank gegenüber denn einhielt, weswegen ihm sein Einfall denn wohl auch früher gekommen ist als am Sonnabend zwischen zwei und drei; sehr richtig! und was aus Mr. So-and-So einmal werden wird, das deuten alle so zuverlässig an, dass keiner von ihnen wird gerichtlich belangt werden können. Nun tritt ein Paar ein, das ändert die Szene. Es ist anders als sonst bei der Ankunft einer Dame, wenn das Wort bloody aus den Reden verschwindet mit samt all seinen Gegenwerten; dies Paar verlangt mehr als Befolgung der Sitten, es besteht auf unserer Aufmerksamkeit, ohne es recht zu wissen.

Die Frau macht das Paar, wenngleich ihr Begleiter bestellt, Grapefruit für sie in kleiner Menge, Bier für sich eine grosse Menge, sie erlaubt es ihm, indem sie unmerklich neben ihn tritt und im Grunde nie hinter ihm gewesen ist. Sie ist schwanger, sie fühlt es am ganzen Leibe. Das ist das eine, sie muss schon ein Kleid tragen, das die Fläche zwischen Busen und Bauch fast einebnet. Im Stehen hält sie die Hände locker vor dem Bauch, sie ruht sich aus, sie hat etwas zu beschützen. Sie ist so angefüllt von ihrem Zustand, Glück ist ihr bekannt, nun wächst es an mit jedem Atemzug. Sie ist jung, darauf kommt es nicht an. Neben ihr steht ihr Mann, wortkarg, jetzt des Redens nicht bedürftig, sie ist ja da. Das ist das andere. Sie gibt uns Bericht, und sie wird dafür sorgen, dass sie morgen oder in drei Tagen die Schlüssel bekommen zu einem eigenen Haus, wenn auch unter ungeheuren Bedingungen für die Abzahlung, aber entronnen aus den Auflagen durch den Gemeinderat oder den Kassierer der Miete. Sie spricht nicht laut, nur als sei sie gefragt worden, und allen ist unzweifelhaft, dass das Wichtigste nur von ihr kommen kann. Der Mann in seiner dicklichen Versonnenheit beträgt sich fast wie geheiligt, also wie blöde in seinem Wohlergehen, will es ja nur vervielfältigen und vollkommen in einem, indem er sich uns zeigt mit ihr und dem, was er sich anrechnet und ihr angerechnet weiss. Souverän ist sie, bespricht mit uns Handwerkerärger, empfängt respektvolle Kommentare und Ratschläge. Alle sind bescheiden, fast schüchtern; so macht man Idole: sagt Bachofen. Den Junggesellen, den Hagestolzen ist vom Gesicht abzulesen, was sie denken: Wir wünschen euch Glück; möchtet ihr das doch schaffen; Neid braucht ihr von mir nicht zu fürchten; so jung wenn ich noch einmal wäre; wenn ich einer, wenn eine mir so vertraut hätte, ich hätte gelebt: gesagt wird davon nichts, osmotisch ist es nun wirklicher in der Kneipe als jede andere Handlung, obwohl Joe doch eine verflucht geschickte Art hat, sich eine Zigarette zu drehen. Die beiden standen neben ein ander, geradeaus blickend, sahen ein ander nicht an, und jedermann wusste, dass sie wussten, ich bin bei dir, du bist bei mir, und ohne Spott sahen wir, dass es ihm geht nach Art der Männer, wenn sie ihm die Hand in den Nacken legt, ihr geht es nach der Art der Frauen, wenn er ihr einen Teller abnehmen wird nachher, den will doch er nun abwaschen, dabei werden ihre kleinen Finger einander berühren. Das weiss er, das sieht er, das sieht sie voraus; als sie ihn nun bittet, mitzukommen, (= zu gehen), hat er bereits an mehreren Stellen seines Körpers gezittert. Sie nimmt ihm nichts von ihrer Zärtlichkeit, es kommt ja von ihnen beiden, wenn sie nun sagt: Du Ron, ich bin ganz in Ordnung. Ron, I am all right. Cheerio, you all.

[3. November 1975]

[»Shempehn«]

Am Montag war Charlie ganze vier Abende nicht ins Seaview gekommen, da wollten sie doch mal telefonieren, ob was wär ... am Dienstag ging Charlie ins Seaview. Die Themen: Es wird den Automobilisten zuviel Steuer abverlangt, das hat die Nation ins Unglück gestürzt. Wie kann denn im gestrigen Sturm die Olau West bei Margate auf Grund gelaufen sein, es steht doch gar nicht in der Zeitung! Flugzeugführer saufen genauso wie andere Bürger am Steuer. Wenn aber ein Schiffskapitän trinkt, so ist das Jacke wie Hose, solange nur der wachhabende Offizier auf Draht ist. Die echt feine Art ist es, wenn Charlie zu Col sagt (und dabei Joe ansieht): Would you ask the gentleman over there whether he would partake wine with me? Und im Ernst, wer sich das light ale nicht bestellt als »Shempehn«, der muss von auswärts sein. Kalt ist das heute. Mensch ja, und zugig. Na is doch November. Ich weiss dass wir November haben, ich will da aber nichts von hören. Thanks ta. Na denn cheerio, Charlie. Be seeing you. [19. November 1975]

[Die Hunde mögen mich nicht]

Die Hunde mögen mich nicht, aber ich darf es Col und Ron im Seaview verschweigen angesichts der würdigen Komik, mit der sie zwei jungen Neufundländern den Umgang mit ihnen beizubringen versuchen, denn einmal ist den Tieren noch unbekannt, dass ihnen als Gattung eine Abneigung gegen mich beschieden ist, und zum anderen nehme ich genügend Anteil an Col und Ron, um ihre Vorliebe für solche Hunde zu achten und mich zu begnügen mit Bemerkungen wie: Euch müsste man mal im Fernsehen zeigen, ANSTANDSUNTERRICHT FÜR HUNDE UNTER BESONDERER BERÜCKSICHTIGUNG DER NEUFUNDLÄNDER. Und wenn mir mitgeteilt wird, das eine von den Tieren habe einen Hüftgelenkschaden, so bedaure ich das ausführlich, weil es etwas mit Col zu tun hat, und schenke ihm gern die zusätzliche Information, dies sei bei dreissig bis vierzig vom Hundert dieser Rasse erblich. Ebenso verhalte ich mich bei der Diskussion des Umstandes, dass aus dem silvesterlichen Besteigen des Uhrenturmes von Sheerness ein Kostenvoranschlag von fast eintausend Pfund für die Reparatur geworden ist, denn ich nehme Anteil am Leben der Leute hier, ich möchte dazugehören und sie verstehen. Ebenso kann ich ernsthaft nicken, wenn ein entschlossener Junggeselle von den »tragedies« spricht, die auf der Insel durch »woman trouble« entstehen, denn wir haben vorhin den Mann gesehen, der aus Australien gekommen ist zu diesem Stück Land, auf dem ihm vor zehn Jahren die Frau mit den Kindern weggelaufen ist zu einem anderen in eine Heirat, so dass er seine Kinder wird heimlich treffen müssen, und wir stellen uns den weiteren Weg jenes Mannes durch diese kalte Nacht gemeinsam vor und nehmen einer einen Anteil an den Gedanken des anderen, so dass unverhofft später erörtert wird, dass Charlies Frau mindestens zehn Jahre jünger aussieht als er selber, viel fröhlicher, und war es nicht lustig, als die beiden spät in der Weihnachtsnacht doch noch gekommen sind. Ohne diesen genseitigen Anteil, gegenseitig mein ich, brauchte ich da kaum hinzugehen, und Reden wär da von wenig Nutzen.

[31. Januar 1976]

[Unfreiwillige Reise]

In meinem Brief vor gut einem Monat hatte ich Ihnen eine unfreiwillige Reise nach New York angekündigt, und tatsächlich hat kein Streik mich davor bewahrt. Wohlweislich hatte ich mir eine Begleitung eingeladen, einen Mann mit dem Spitznamen Joe, der mir meinen Spitzamen auf der Insel verliehen hat: Charles, der bei der hiesigen Form der Konsumgesellschaft so eine Art Mann für Vieles ist, vor allem der Verwalter der Schlüssel für die verschiedenen Geschäfte, vom Friseurladen bis zum Bestattungsunternehmen. Er hat Dank für erwiesenen Beistand mir einmal abgelehnt mit den Worten: I did this as a friend, und vielleicht sind wir as friends. Es war seine erste Luftreise, überhaupt das erste Ausland, und New York hat für ihn in »überwältigender Weise« angefangen, nämlich mit dem Sikorski-Hubschrauber der New York Airways, in dem er für neun Minuten aufgehängt war vor den verrückten Türmen auf der Südspitze Manhattans und dem ausgetrockneten Viereck des Central Park. Ihm zuliebe mussten wir vieles tun wie die Touristen: zu Fuss über die Brücke von George und Martha Washington gehen, zum Spass mit der South Ferry nach Staten Island reisen (was sonst eben ein Schiff für Pendler ist), zum Vergnügen über die Verrazano Narrow Bridge fahren, Coney Island besichtigen (im April!) und Harlem vermeiden, denn dieser Mann hat Familie. Aber ich hatte ja ausserdem einen Auftrag am oberen Broadway, auch im Riverside Park, und als wir vorbeikamen unter den Fenstern des Hauses, in dem wir, dies ist ein anderes wir, vor Jahren gelebt hatten, lobte er die Aussicht. Da war es also gut, jemand bei sich zu haben und nicht allein zu sein mit anderen Inhalten des Bewusstseins, die in dem Moment zwar dennoch gegenwärtig waren wie sie sind an jedem Tag.

Nach Sheerness also zurückgegangen: lautet die Antwort. Hier verbucht mich die Steuer, hier stehen zwei Zimmer voll mit den Materialien für den Abschluss der »Jahrestage«. [4. Mai 1977]

[Nennen wir sie Dotty]

Als die-und-die, nennen wir sie Dotty, neulich geheiratet hat, fing das Unglück schon am Morgen an. Kam der Junge mit den Zeitungen und musste ihm gesagt werden, die Comics solle er man lieber wieder mitnehmen, die Dame heirate nun gleich. Vor dem Altar versagt dem Vater die Stimme bei der Frage, ob er nun dieses Mädchen weggeben wolle, und es sprang ein Mann von der Strasse ein, ein Polizist, wie Sie sicher auch gleich gedacht haben. Na, und was beim Hochzeitsmahl vorkam –! Das erspare ich Ihnen, alldieweil Sie keine Köchin sind. Nicht auf der Insel, aber anderswo, war ein Mensch des ganzen Rummels um das Jubiläum der Königin müde und stellte ein Schild ins Fenster, darauf stand: OLIVER CROMWELL. Da haben unbekannte Nachbarn eines Nachts ihm das Haus in den nationalen Farben angestrichen, schön dauerhaftes Blau und Rot und Weiss und mit eben dem selben Qualitätsöl solche Sprüche angebracht wie LANG LEBE ELIZABETH II REGINA. Technisch gesehen braucht der Mann auf Jahre hinaus keinen neuen Anstrich, aber wenn Sie es einmal menschlich betrachten wollen ... Und neulich hat ein kleiner Junge, weil er nämlich lesen gelernt hatte, ganz in sich aufgenommen, was aussen stand auf seiner Badeseifentube, und kam empört aus der Wanne: Ja, sauber bin ich nun, aber wo bleibt das Gefühl der schwebenden Erfrischung? Und Charles, der von 26 Marine Parade, der mit der grossen Uhr, der hat neulich zu einer Beerdigung einen Kranz schicken lassen, da stand auf der Schleife: von Clive. Wir haben den ganz bestimmten Verdacht, der heisst ganz anders als Charlie. [21. Juni 1977]

[Welcome back]

Zum ersten Mal dann sah ich Sheerness aus dreissigtausend Metern Höhe, eine spitze Ecke Land zwischen Medway und Themse, keine Sensation als Anblick, wie denn das, aber genügend als Anlass to thank the travel agency of the G.D.R., Berolina of Conduit Street in London, for everything they gave and took off me, even for this.

Seitdem bin ich eine Woche lang nach Hause gekommen, jeden Tag ein bisschen mehr.

– Welcome back to the sunny Isle of Sheppey! sagten die Leute. Das sollte heissen: hier war es inzwischen ganz hübsch verregnet.

Meine Mitbringsel fielen diesmal auf. Eine kommunistische Doppel-»miniature« Cognac für den Mann, der solche Fläschchen sammelt (ohne indes sie auszutrinken, vielleicht sich rüstend für einen Schach-Zweikampf à la our man in Havana). Und für den Mann, der volle, unangeratschte Streichholzschachteln in seiner reichsten Lade birgt, eine ebensolche aus einer kommunistischen Produktion!

– Did you enjoy your trip? fragte die Dame, die bei mir nach den Spinnweben sieht. Schlagfertig erwiderte ich: It was rather useful.

– Good: versetzte sie, befriedigt.

Meine Freunde haben nun verraten, dass sie mit mir gelitten haben über den Bruch, der sich an dem nach Charles Eames benannten Lehnstuhl ereignete, zwar wegen der statisch empfindlichen Verbindung zwischen dem oberen und dem unteren Teil. Angelassen hatte sich das aber als Fopperei. – Wenn Sie sich schon mal zurücklehnen, Charles! hatte es geheissen. Nun war es so weit, nun hatten sie Tony aufgetrieben, jenen Restaurateur aus London, der bis zum Tode seiner Frau in Sheerness lebte. Und Tony kam sich den Stuhl besehen und will ihn ganz machen mit aller Kunst. – It is a nice chair, but Charles Eames must have been a bit drunk when he invented it! Und damit die Sache nicht etwa zu etwas Geschäftlichem verkam, setzte er sich hin bei Charles und rauchte mit ihm für ein Stündchen.

Luftaufnahme von Sheerness-on-Sea mit der Mündung der Themse.
Die Farbphotographie hatte Uwe Johnson vergrößern und rahmen lassen.

Am Sonnabend klingelte ein junger Mann, ungerufen und ungekannt, mit der Meldung, er habe von einem Auftrag um die Ecke noch genügend Sandtex (eine patentierte Verputzmasse) übrig, die würde ausreichen, für die vom Seewind arg ramponierte Fassade meines Hauses herauszustreichen ganz wie neu! Da er mir eine schriftliche Garantie überreichte, ist er seit gestern Morgen mit drei Mann am Kratzen und Streichen. Sie geben mir's bar, und wir beide vergessen die Mehrwertsteuer, einverstanden?
– And this D. in your name, what does it stand for? David?
– David it is.

Ansichten der »Isle of Sheppey«.
Aus der Postkartensammlung Uwe Johnsons.

– My name is Charles: sagte ich nach der guten Ordnung.
Einmal in der vorigen Woche wurde beim Bier besprochen, was der Mensch eigentlich und im Grunde so braucht für den täglichen Tag. Als die Reihe an mich kam, bekannte ich: Also eine Tomate zum ersten Tee, das möchte schon sein. Am Morgen darauf fand ich vor meiner Tür eine Klarsichttüte voller Tomaten, gepflegt und gehegt in einem privaten Garten, und ich weiss auch schon, in und aus welchem.
Hierzulande werden elektrische Geräte ohne Stecker verkauft, und so sagte ich denn beim Erwerb eines solchen, scheinbar hilflos, aber des Kommenden gewiss: Würde ich ja nu auch noch einen Stecker zu brauchen. – Geb ich Ihnen zu: sagte der Mann. Erstens kannten wir einander, zum anderen war doch das Wetter so verträglich.

[2. September 1978]

[But why trust me?]

Im so genannten wirklichen Leben hat »Charles« Erfahrungen, die ihn anfänglich befremdeten. Nämlich, es bestanden Passanten darauf, die er durchaus für Unbekannte ansah, ihm freundwillig zuzunicken, auch an anderen Orten als der Insel Sheppey, so neulich in Hythe ein Gartenbau-Arbeiter, der auf dem Rückweg vom nachmittäglichen Spaziergang sachkundig eine gestutzte Hecke examinierte. Von dem Pastor daselbst, der sich vor lauter Frömmigkeit ein Hundehalsband umgebunden hatte, wirst du zuverlässig sagen, der komme ja schon aus beruflichen Gründen kaum herum um den Gruss, könne Charles doch eines von seinen Sonntagsschafen sein. Ja, und manchmal begegnet man einander in einem womöglich zu engen Gang. Aber ich halte dafür, es müsse an dem Lächeln liegen, von dem Charles ein Weniges erworben hat. Da es etwas für ihn Ausländisches ist, und weil seine Umstände zum Lächeln kaum Anlass bereit halten, hat er es ausdrücklich lernen müssen als bewusste mimische Geste. Der Lehrer sind viele: das Mädchen in einem kleineren Supermarkt, das anders angesehen und angeredet werden wollte denn als Anhängsel ihrer Kassenmaschine. Denise im Café »Delphin« schräg gegenüber seinem Hause, die seinen »schwarzen« Tee schon bereit hat, wenn er die Theke erreicht, dafür aber eine Begrüssung wünscht. Der Knipser der Station Sheerness, der ihm bei jedem Zusammentreffen empfiehlt, in Sittingbourne umzusteigen, obwohl dies die einzige Möglichkeit zum Umsteigen ist, wenn man wegwill von dieser Stichbahn, und er solche Kenntnisse seit immerhin vier Jahren bei Charles voraussetzen darf. Beim letzten Mal variierte er seine Formel ein wenig: Na, Sie wissen ja wohl, wo man umsteigt, Meister. Gehorsam setzt Charles ein Lächeln in sein Gesicht.

Neulich, in einer kleinen Hafenstadt an der Ostküste, fiel ihm vor dem Schaufenster eines Antiquitäten-Ladens der Geburtstag seiner Schwester ein. Richtig fand er etwas, nur dass es vierunddreißig Pfund kostete und er nur zehn anzuzahlen hatte. Er bat den Händler, ihm die Sache zu schicken, nachdem er den Restbetrag mit der

Post geschickt habe, und der Mann erwiderte: Ach, wissen Sie, meine Frau hat es auf der Niere, und all dieser Umstand, dieses Päckchen packen, und dann zur Post – nehmen Sie's mit. Ich warte eben auf den Rest vom Geld. Da stand Charles, doch in einer Art Räuberzivil unter der kanadischen Holzfällerjacke, und fragte verlegen: Right, – but why trust me? [21. November 1978]

[Zwei Belege]

Zum Neuen Jahr will ich Dir zwei Belege schenken für die Überlebenschancen der Literatur, einen Gesprächsfetzen, einen Monolog:

1.
– Was macht denn Ron?
– Liest die letzte Fortsetzung von »Lady Chatterley's Lover«.
– Wusste gar nich, dass er reden kann.

2.
– Heute abend gibt's »El Cid«, das seh ich mir an. Das seh ich mir heute abend zum vierten Mal an! So als Schiffskoch, kommt man ja rum, war'ch n'türlich auch in Spanien, hab mir das alles angesehen, aber der Grund, warum ich so scharf bin auf »El Cid«, das ist der: 'ch hab ein Buch gelesen, und nu hab ich den Beweis: der Mann hat wirklich gelebt!
Dies wünscht Dir,
mit herzlichen Grüssen U. J. [29. Dezember 1978]

[What do you do for a living, Charlie?]

Auf dem Bahnhof Chatham versieht oft ein gesetzter Inder die Zug-Abfertigung, es mag auch ein Pakistani sein, mit einem weissen Turban, der hat sich einmal vor mir verbeugt, bloss weil ich eine Wagentür zugeworfen und ihm einen langen Laufmarsch erspart habe. Der fädelt eine schnell laufende Wagenkette nach der anderen so gelassen in das schmale Öhr des dort nur zweispurigen Tunnels, der benutzt das Handmikrophon mit solchem Stolz auf seinen fremdländischen Akzent, der grüsst die einheimischen Zugbegleiter mit einem Selbstbewußtsein, dass ich wünsche oft und oft, ich wäre an seiner Stelle. Inzwischen hat er wohl vergessen, warum er auf meinen Gruss abonniert ist, jedoch erwidert er ihn freundlich und förmlich in einem. Dieser Mensch kann eine so verlässliche Auskunft geben wie: I am with British Railways.

Oder: in der vorigen Woche wurde ein Stück im Broadway aufgerissen, zwecks Erneuerung des Asphalts, da sah ich einen Mann die vom Presslufthammer locker gebrochenen Pflasterstücke mit der Spitzhacke lockern, und mit Vorwurf dachte ich, dafür gebe es denn doch auch eine Maschine. Das muss jemand gehört haben, denn gestern morgen erschienen die Leute vor meinem Fenster mit schweren Geräten, einschliesslich des von mir vermissten, und schenkten mir schweren Lärm. Aber sie brachten so geschickt, so sichtbarlich etwas zustande, dass ich sie beneidete, mein in dem Typenschreiber stillstehendes Blatt Papier vor Augen. – What do you do for a living, Charlie? – Well …

[6. März 1979]

[Gute Idee, Charlie]

Charlie ist einer der Autochthonen der Insel Sheppey, vierundsiebzig Jahre alt in diesem Monat, Mr. Wilson ist sein Name! Seit wir auf einen Redefuss gekommen sind, bestand er darauf, mir die Rosen zu beschneiden, mit dem überzeugenden Argument, darauf verstehe er sich nun einmal besser. Sonst reden wir just über das Wetter. Nur einmal, als ihm nach lange vergeblichem Bemühen endlich die Scheidung von seiner Frau gelungen war, entfuhr ihm über das weibliche Geschlecht der Befund: Oh, they are wicked, Charlie. Wicked.

Auch sein Wellensittich heißt Charlie.

Und auf den Namen Charlie bin ich im Dezember 1974 getauft worden. So kennt mich hier jeder; nur der Postbote redet mich an mit dem Nachnamen. Dem aber habe ich zu Neujahr ein ganzes Pfund gestiftet.

Nun ist einer von uns drei Charlies krank, und leider ist es nicht der Vogel, sondern der älteste von uns, an einer zähen, schmerzhaften Geschwulst in der Bauchgegend. Er hat schon viele Wochen kein Essen bei sich behalten können und mit der Abmagerung so viel Kraft verloren, dass das Gehen ihm unsicher gerät. Störrisch ist er auch, so dass er erst neulich um eine Röntgen-Untersuchung eingekommen ist. Sein Zustand ist auffällig; dennoch hat man ihn an das Ende der Warteliste gesetzt, so dass er erst in drei Wochen an die Reihe kommen wird.

Ja. Was Sie denken, das fürchte ich auch.

Aber es gibt Tage, an denen ist die Geschwulst zurückgegangen, er ist fast ohne Schmerz, er hat einen Milchbrei essen können; an solchen Tagen spricht Charlie von den Zeiten, in denen er wieder gesund sein wird. Auf die Insel Man wird er dann reisen.

Was soll der Besucher sagen? Er weiss auch bloss: Gute Idee. Charlie.

Gestern hat er mich (– Entschuldigen Sie, Charlie, ich will nicht persönlich werden) gefragt, was ich denn so vorhätte im Juni, und ich habe es ihm erzählt. Da blieb keine Woche frei.

– Schade: sagte er. Wenn?? Juni will ich doch auf die Isle of Man, und da hätt ich Sie gern um Ihre Begleitung gebeten. [4. April 1979]

[Die beiden Charlies]

Wenn die beiden Charlies auf die Isle of Man gereist sind, zweihundertsiebenundsiebzig [Meilen] von der Isle of Sheppey entfernt, so lag das an dem älteren von ihnen, dessen tief eingekerbtes Kinn wahrhaftig eine Auskunft ist über seine Hartnäckigkeit. Er bestand darauf noch, nachdem der jüngere Charlie – lang, dicklich, seine Haare mehr als dürftig im Vergleich zu der festen weissen Bürste auf dem mageren Schädel des anderen – ihn eingeladen hatte zu einem Spaziergang auf dem anderen Ufer der Themse, in Southend; da war der hauptsächliche Charlie schon nach einer Meile Schlenderns, trotz reichlicher Pausen, gründlich erschöpft, überdies erstaunt, wie heftig ihn schon das Reisen im Sitzen, in der Eisenbahn, herangenommen habe. In der Zeit nach diesem Ausflug kamen ihm die Magenschmerzen wieder; auch wurde ihm das Ausgehen so sauer, dass er seine Nachmittagsbesuche bei dem jüngeren Charlie einstellte. Wenn einer aber ein hauptsächlicher Charlie ist, bleibt er taub gegen die Vorstellung von Kindern und Freunden; seine Vorstellung von einer Kur ist fern von einem Gang zum Arzt, er findet den Verzicht auf das Essen überhaupt wirksamer. Es unterläuft ihm, damit sich zu brüsten; nun schlägt der jüngere ihm vor, die Reise in die Irische See schlicht zu vergessen.

Darauf hin war die Fahrt unausweichlich festgelegt. Anfangs war der Flughafen Gatwick interessantes, weil unbekanntes Gelände, auch reiste er nun zum zweiten Mal in seinem Leben durch die Lüfte. Aber die halbe Meile vom Busbahnhof Douglas bis zum Hotel, die hätte für ihn noch ohne seinen Koffer kürzer sein dürfen. Anderntags war er recht erleichtert, dass so viele Stellen der Insel erreicht werden können mit Autobussen; lästig war ihm schon, dass eine solche Haltestelle wie Port St. Erin nach einem Rundgang verlangte, im Grunde hat ihn die Stunde gemächlichen Schlenderns zum benachbarten Port St. Mary erledigt. Er hing so müde in den Gräten, er liess sich in ein Restaurant locken, weil er dort sitzen konnte. Zu seinem Leidwesen zwangen ihn die dort herrschenden Sitten, auch etwas zu essen. Dies wiederholte sich am Abend in dem

Hotel, wo ja für Halbpension vorausbezahlt war, wo ihn obendrein Höflichkeit gegen die Wirtin zwang, das von ihr gekochte Mal wenigstens anzurühren. Beim Gang zum Bier danach sprach er den Wunsch aus, »krank zu sein«, und tat's denn auch, würgend über einem Gully, den er sich ausgesucht hatte in seinem Ordnungssinn. Danach mussten die Tage auf Schongang gestellt werden, aber es war eben umständlich, flache Partien auszumachen in einer Gegend, die bekannt ist für ihr hügeliges Wesen, und nun setzten ihm schon die Fahrtbewegungen so zu, dass er den Bussen, in einer gehässigen Weise, eckige Räder nachsagte. Aber es ging ihm gegen den Strich, den Jüngeren allein spazieren zu lassen, und wenn sie nun einmal beide einen Menschen mit dem Nachnamen Peel kannten, wie liess sich da ein Abstecher in Peel City vermeiden. Dann half ihm regnerisches Wetter über einen ganzen Tag und zu der Ausrede, es sei ja die Aufnahme von Nahrung erlässlich, wenn von Anstrengungen keine Rede sein könne. Leider wünschte der jüngere Charlie eine Besprechung darüber. Dabei kam heraus, dass die Magenschmerzen kräftiger auftraten und dass der hauptsächliche Charlie einen Besuch bei einem fremden Arzt verweigerte. Am anderen Vormittag wurden die Flugscheine umgebucht, und zwei Tage früher als geplant ging die Reise zurück. Der ältere Charlie hatte sich bequemt zu der Einsicht, er müsse etwas tun gegen die Leute, die ihm die Halsstarrigkeit eines Mulis nachsagen, und einmal vernünftig handeln; tatsächlich hatte er sich das Verhalten eines Patienten angenommen. Gewiss, vieles mag ihm besetzt gewesen sein mit der Stimmung des letzten Males in seinem Leben, der Flug nach Manchester, das Treffen mit seinem Bruder auf dem Flugplatz, der Flug nach London; aber er war doch recht froh, dass ihn ein Taxi vom Hotel in Douglas nach Ronaldstown brachte, dass in Heathrow ein Taxi aus Sheerness wartete. Wahrhaftig ging er am gleichen Abend zu seinem Arzt, und am nächsten Morgen liess er sich freiwillig einliefern ins Krankenhaus. Er war nun ganz wild auf eine Operation. (Er ist dreiundsiebzig Jahre alt.) Im Krankenhaus gehört es sich, dass man isst; auch verstehen die Köche da sich darauf, dass es jemandem wie Charlie bekommt. Geblieben ist der hechelnde, beengte Atem, Schwäche in den Bewegungen, Müdigkeit. Der jüngere Charlie ist ziemlich froh, seinen Kompagnon in medizinische Versorgung gelockt zu haben wie in eine Falle. Aber der Bescheid ist eben dieser, von gestern: der Spezialist sieht von jeder Operation ab.

[9. Oktober 1979]

[Vier Charlies]

Zu den Besonderheiten des viel geschmähten Sheerness – ich vermeide zu sagen: zu seinen Attraktionen, und weise eigens darauf hin – gehört seit nun fast fünf Jahren die Niederlassung eines Ausländers, dem wir vor der Hand bloß anrechnen, dass er noch von jeder Reise zurückgekommen ist – hierher. Mit seinem Vornamen sind wir weniger klar gekommen, es muß geradezu ein finnischer sein, oder ein ungarischer, so dass wir ihn und uns an ein »Charlie« gewöhnt haben, so dass wir jetzt deren vier aufzuweisen haben: Charles, 73, von der Invicta Road, der nachmittags zu »Charlie« Tee trinken geht und nebenbei die Oberaufsicht über dessen Garten führt; Charlie, 6 (?), der Wellensittich, der bei Charles in einem offenen Käfig wohnt und mit ihm redet, sofern sie beide unter sich sind; »Charlie«, so zwischen Vierzig und Fünfzig, eben der Ausländer, wohnhaft Marine Parade; noch einer, 5 (?), ein Spatz der jetzt zum vierten Mal zum Überwintern zurückgekommen ist in die Herrentoilette der Trinkanstalt Seaview, weswegen der dort ansässige Verein das Datum nun als einen seiner Geburtstage gefeiert hat, komplett mit Glückwunschkarten. Vier, seht ihr? Aber ich schwiff ab.

Was uns an jenem Charlie aus Übersee unerfindlich ist, das ist der Beruf, dem er nachgeht oder der hinter ihm her läuft. Manche, wenn sie dem in die Fenster gesehen haben, halten ihn wohl für einen Privatbibliothekar. Es gibt auch welche, die nennen ihn gestört, in einer harmlosen Art, denn wie könnte einer das Leben mit so vielen Büchern aushalten. Charles, der sich da umsehen darf, hält freiwillig den Mund, und die Postboten, die mindestens zweimal die Woche da kleine Pakete (in Buchgröße!) abliefern, sind ja durch ihren Diensteid gebunden. Seit diesem Frühjahr aber sehen einige den vom Kontinent zugereisten Charlie an auf einen ganz anderen Beruf, womit ich denn wieder angeschweift wäre.

Dieser Charlie, ein Reisender ist das! Im April und Mai war er fast jede Woche einmal in der Luft. Fuhr am Montagmorgen nach Heathrow, und wenn man ihn dann am Dienstagabend wegen seines Fehlens am Vortag befragen konnte, gab er wahrhaftig die Auskunft, da sei er in Frankfurt gewesen, wo immer es ist, dieses Frankfurt, im Ausland eben war er, wie man das von einem Ausländer schon erwarten und hinnehmen muss. Sind eben anders, nich?

(Auf den Zweck dieser Reiserei geht man am besten vorsichtig und beiseite ein. Denn wenn einer danach sich erkundigt, druckst der dritte Charlie und gibt selber zu, er könne das schlecht erklären. Wenn man ihm glaubt, so hat er immer darauf geachtet, gegen vier Uhr nachmittags in dieser fremdländischen Gegend anzukommen, auf dem Flugplatz nämlich, damit er um sechs in der Universität ist, wie sie die da offenbar auch haben, da setzt er sich denn in die vorderste Reihe in immer dem gleichen Hörsaal. Und dann? Dann sind die meisten Studenten schon da. Da es aber in einem Ausland vor sich geht, verlangt die Sitte, dass Charlie noch eine geschlagene Viertelstunde wartet. Erst dann steigt er auf die Bühne, hängt sich ein Mikrofon um den Hals, und beginnt vorzulesen aus dem, was er sich für diesen Zweck aufgeschrieben hat. Ich erzähle euch dies alles mit Vorbehalt und ohne Gewähr, denn so als Methode ist es ja kaum glaublich, und mühsam. Ein vernünftiger Mensch, der würde es doch drucken lassen und den Studenten in die Hand geben, damit sie freiwillig entscheiden, ob sie denn überhaupt mit dem Zeug sich abgeben wollen, und dann bliebe ihnen auch erspart, vermittels ihrer guten Manieren beim Zuhören gefangen gehalten zu werden, und die liebe Zeit zu verlieren. Wenn Charlie dann fertig ist, nach einer Pause, er redete dann wohl noch mit ein paar Leuten, die es noch genauer wissen wollten – Seminar heisst das, glaube ich. Das ist alles, denn am nächsten Morgen fährt der Mensch zum Flugplatz, stellt sich so an bei der British Airways – wenigstens das, fly the flag, das tut er –, dass er am Abend angekommen ist in Sheerness. Ein Reisender, eben. Bei den Vorwänden für sein Tun gibt es einige Abwandlungen, die will ich mit aller gebotenen Zurückhaltung erwähnen. Nämlich, Charlie gibt zu, dass er da auf dem Kontinent manchmal auch – in anderen Städten, was immer das bedeuten mag – vorliest aus schon gedruckten Büchern, die die

Leute sich doch kaufen könnten, und im August will er einmal mitten in der Woche über den Kanal geflogen sein – aber das ist nun doch zu arg! –, »weil ein Freund von mir einen Orden gekriegt hat«. Wir geben ja zu, es sind ganz gute Ausreden. Wir haben selber welche, und schon viel länger, denn schliesslich, wo kommen die Menschenrechte her? lass ihm. Lass ihm seine Freude. Soll er doch reisen.)

Kaum warn wir gewöhnt an diese unsre Meinung von ihm, da bleibt er doch in Sheerness backen, den ganzen August. Er hielt es ganze fünf Wochen aus, so gegen seine eigene Natur zu handeln, dann ist er mit Charles auf die Isle of Man gereist, bloss um mal unterwegs zu sein. Er ist eben einer, den verlangt es nach diesem, wie es jeden von uns nach dem Seinen gelüstet; denn Charles, als sie zurück waren, hat schlicht eingestanden: gewollt haben sie auf der Isle of Man nichts nich. Spazieren gegangen sind sie. Ruinen angekuckt, und so. Eben zum Reisen. Jetzt, im Oktober, hat er schon wieder eine Weile still gehalten. Allerdings, da wir mit ihm bekannt sind, haben wir ihn gefragt nach dem Zeitpunkt seiner nächsten Reise, ganz als ob wir das ernst nähmen, und er hat ganz artig gesagt, so im November. Das hatten wir inzwischen erwartet, und wollten nun (mit ganz ebenmässiger Miene, versteht ihr?) wissen, ob er da drüben wieder die Sachen macht, wie für ihn natürlich, das Vorlesen aus gedruckten Büchern, oder aus ungedruckten, und tatsächlich hat er das vor. (Er hat auch etwas geredet von einer Akademie, bei der er sich jedes Jahr für drei Tage melden muss, noch eine Ausrede! Das hiess doch wohl den Mund etwas voll nehmen, das haben wir ignoriert, so dass er es merkte.) Also, abgemacht. Dieser reisende Charlie, in der ersten Novemberwoche reist er. Muss er wohl. Mindestens seine dritte Natur.

So haben wir uns das gedacht, und plötzlich, so aus dem windigen grauen Himmel hat er uns abgelenkt von den Meinungen, in denen wir ihn sicher glaubten. Das war vorige Woche, da hat er auf Befragen abgestritten, dass er etwas vor hat in der Richtung auf Reisen. Was? ja. So für die nächsten sechs Monate wird er wohl bleiben in Sheerness. Nunmehr hätten wir gern einmal direkt gefragt, was er

denn so ist von Beruf, wenn schon kein Reisender, richtig Auge in Auge hätten wir ihn vernehmen wollen, aber leider wissen wir, wer wir sind, und wo wir sind. Ganz unangängig.
Auf Umwegen demnach, durchaus indirekt, Anteil nehmend eben, haben wir ungefähr die Vermutung laut werden lassen, dass er doch ziemlich viel und fest verabredet sei für den November auf dem Kontinent. – Alles abgesagt: versetzt Charlie. Und die Konventionalstrafen? wollten wir wissen? (damit er doch glaubt, wir nähmen seine Ausreden ernst). – Gerichtsstand Sheerness: sagt Charlie. Wir mussten das schlucken, denn so ist es uns ja recht. Aber ich, und das ist nur einer von manchen, werde mich schleunigst verziehen, sollte mal jemand kommen mit der Frage, wer dieser Charlie ist, und was der so macht für sein Leben. Das ist uns zu undurchsichtig.
Erst recht, und immer noch, seitdem er gestern abend Erläuterungen von sich gegeben hat, auf Wunsch übrigens: er hat (wenn einer ihm glauben will) diese Novemberreise aufgebaut auf einer Station an der Ostsee. Die ist ausgefallen, nun verzichtet er auf die anderen.
Es sind manchmal so junge Leute dabei, mit dem Mund voraus, darauf hätt ich gern einen schlagen mögen, als er bemerkte, so mit der ungeschickten Beiläufigkeit: Streckenweise sei die Ostsee wohl kommunistisch. – Ganz recht: sagt Charlie.
Nun lässt sich denken, wieso ihm eine Stadt an der kommunistischen Ostsee verwehrt ist, denn schliesslich lebt er bei uns, an einem unkommunistischem Wasser. Und deswegen gibt er Reisen auf zu unkommunistischen Städten auf dem Kontinent? Es ist doch zu und zu ungereimt, und am Ende gar politisch. Dass man besser schweigt, wenn es einmal dazu gekommen ist, wissen wir selber.

[23. Oktober 1979]

Was mir noch auf der Seele liegt, ist die gestern vergessene Andeutung. Als ich Charlie seinen Tee gemacht hatte (Na ja: sag ich: ich trink eben TEE! Nich so n Gemisch aus Zucker, Milch und bloss dazu noch Tee!), wies er mich darauf hin, dass in weniger als drei Wochen der kürzeste Tag des Jahres zu erwarten sei. Über den Winter waren wir uns auch noch einig insofern, als wir beide fanden, es sei schon wieder mal dunkeler als am Tag zuvor.
Wenn ich bloss wüsste, welche Andeutung zu meinem Lebenswandel ich gemeint haben könnte! Vielleicht bestand sie mal aus Joe, der wollte mir was erzählen:
Muss ich Ihnen doch erklären. Ich bin Ihnen vielleicht seltsam vorgekommen, als ich am Freitag hier rein kam, oder? Ja, Sie haben wohl etwas gemerkt, und ich weiss, gehört hab ich nichts. Was, am Arm haben Sie mich gefasst? Ja, ich hab das gesehen, gefühlt hab ich nicht die Bohne. Wissen Sie, ich hatte gerade meinen zweiten Unfall. Ja. Nachdem ich bei dem ersten vor drei Jahren fast hops gegangen wäre. Nun sind da immer Zeugen, und ich wollte bloss sicher gehen, dass hier keiner meine Frau anruft aus dem Seaview. Meine Frau ... Dabei war gar nichts passiert. Ich kam an auf der Marine Parade, und Sie wissen ja, an der Einmündung von der Berridge Road kam eine Frau raus mit ihrem Wagen. Nach rechts ausweichen konnt ich nicht, wegen Gegenverkehr, blieb also bloss die Bremse. Kein Schaden an ihrem Auto, ne Delle an meinem. Sie aber raus und in einem fort gebrüllt: You hit me! You hit me!
(Ganz wie ein Westdeutscher, der aus dem Kino kommt und sein Auto sucht mit den Worten: Wo bin ich? Oder: Wo stehe ich? als wär das eine weltanschauliche Frage.)
Sie haben mich gestossen! Ganz ruhig hab ich ihr erklärt: Meine Dame, Sie waren aber auch an einer Stelle, wo Sie nicht hingehörten! Die Marine Parade ist Vorfahrtsstrasse! Bleibt sie dabei und schreit: You hit me! Am schlimmsten wurde es wohl für sie, dass da ein Bengel vorbeikam, sie so ankuckte von oben bis unten und sagte, ganze zwölf Jahre war der alt: You silly old cow.

(Nun übersetze das mal ins Höfliche.)
Fuhr ich einfach ab, hab aber gesagt: zur Polizei. War ich da, kam sie rein, schrie den Diensthabenden an: Nu sehen Sie sich doch bloss mal an wie der Kerl geparkt hat! Direkt vor der Tür! Sagt der Diensthabende: Meine Dame, der Herr ist hier, er steht vor mir, ich spreche mit ihm, er ist mir bekannt als ein entgegenkommender Mensch; gewiss wird er auf mein Verlangen hin sein Fahrzeug bewegen. Es dürfte sich jedoch erübrigen, da lediglich Personen das Revier verlassen, jedoch kein Verkehr (»transport«). Half alles nichts, sie schrie weiter. Musste der Sergeant sie ins Verhörzimmer (»interview room«) bringen. Half alles nicht. Mann, war der Sergeant erleichtert, als ich auf die Klage verzichtete! Denn er war derjenige, der mit ihr hätte vor Gericht erscheinen müssen, mit dieser, wie ich lediglich zitiere: unaufschreibbar blöden unaufschreibbar alten Dame. Na ja, hoffentlich hat sie einen Mann, der sie aufklärt über den Unfug, den sie beim Einbiegen angestellt hat. Sehen Sie, deshalb war ich neulich so seltsam, und das wollt ich Ihnen mal erzählen. Könnten ja sonst was denken.
War es das, was mir entfallen war? sag mal an.
Es könnte aber auch der Umstand gewesen sein, dass ich bei jedem Gang in die Stadt mein Gesicht in Bereitschaft halten muss, so zu sagen schussfertig. Kommt mir jemand entgegen, muss ich schon aus vier Metern Abstand aufpassen, ob etwa auch er die Lippen in Lächelstellung bringt oder mit ihnen etwas formt, was heissen soll: Na? Auch da? Alles in Ordnung? Tach! Du denkst, darauf antworten sei leicht. Ist es auch. Tu ich auch. Aber diese Begegnungen haben den Haken, dass ich diese Leute oft nicht einmal vom Sehen kenne, und mit manchen habe ich noch kein Wort gewechselt. Sie aber wissen alle, wer da ankommt: einer von unseren Ausländern, lebt in einem Keller an der Marine Parade, sitzt da so lange an einer Schreibmaschine, als reparierte er die täglich, »Charles« heisst der ...
So auch gestern abend. Kam einer ins Seaview, Stanley war das, sagt »N' Abend Charles«, Gerstenwein bestellt der. Zwei Flaschen für die Tasche, denn er wollte nun gleich zu Bett und sich »George und

Mildred« ansehen, eine Serie über eheliche Situationskomik. Weil der Gerstenwein aber nun nach mehr schmeckte, und weil George so grässlich leiden muss unter seiner Mildred, kam Stanley auf sein Alter und seine Ehe zu sprechen. »Ich bin Ihnen um eine Ära voraus, Charles!« (Dreiundfünfzig ist er.) Immerhin, man müsse den Tatsachen ins Auge sehen. Nach sechsundzwanzig Jahren Ehe die Frau verlieren, nicht wahr. Die Tochter hat ganz recht, wenn sie einen runterholen will von der Insel Sheppey. Aber, was soll ein Stanley mit einem neuen Job in Northampton? Andererseits. Wenn er im Club sitzt und sieht seine Frau tanzen mit dem Freund, den sie jetzt hat. Ein guter Mann. Gut für sie. Behandelt sie gut. Stanley anerkennt das. Steht dazu. Wie auch zu der Einsicht, dass er die Frau – nach sechsundzwanzig Jahren Ehe – verloren hat. Durch das Trinken. Ja. Was ist, muss auch gesagt werden. »Ihr Vater könnte ich sein, Charles! Gute Nacht denn!« [5. Dezember 1979]

[Sehen Sie, Charles?]

Nun will ich Ihnen etwas erzählen von diesem Wohnsitz. Die Geschichte fing an, als ich mich einmal zu oft zurücklehnte in einen Sessel aus drei eleganten Schalen von Holz und Leder, deren Verbindung jedoch die schwächere Seite des Möbels war. Als ich mich neben den Bruchstücken wiederfand auf dem Fussboden, war ich überzeugt, dies Ding werde man mir weder auf der Insel noch auf dem Festland reparieren und meine Freunde bestärkten mich darin. Auch liessen sie es nicht fehlen an dem Spott, der zu einem Schaden gehört, und sagten: Ja, wenn Sie sich schon einmal zurücklehnen, Charles! (Hier haben sie sich meinen Vornamen so mundgerecht gemacht, und es passt mir gut.) In Wahrheit aber suchten sie nach Hilfe für mich, sie erwähnten einen Tony, einen ehemaligen Gast oder Bewohner der Insel, aber indem sie ausführten: Tony sei ja wohl einer der geschicktesten Arbeiter mit Holz, aber bei diesem Stück werde selbst er den Kopf schütteln, und es aufgeben. Dann konnte ich erzählen, dass ein Tony mich aufgesucht habe, den Sessel mitgenommen habe, eine Reparatur wenigstens zu versuchen. – Na ja: sagten die Herren etwas nebenbei, aber es hiess deutlich: Sehen Sie, Charles? wir sorgen schon für Sie.

Neun Wochen später, und ich hatte es abgeschrieben, das teure Stück, kam Tony an einem Sonnabend, vierundsechzig Jahre alt, reichlich grauhaarig, feiertäglich gekleidet und öffnete die hintere Klappe seines Wagens. Da lag das umständliche Möbel, und war heil. Als ich es im Haus hatte und Tony den gewünschten Schein übergeben, hätte die Geschichte zu ende sein dürfen; da fing sie an.

– Ja: sagte Tony: was Charles Eames sich gedacht hat bei der Erfindung eines Sessels mit einer Klebeverbindung aus Hartgummi, mir ist es unerfindlich; er wird wohl ein bisschen duhn gewesen sein. Auf eine nette Weise duhn, dass Sie mich recht verstehen, ist ja ne nette Sitzgelegenheit: befand der alte Herr. Rechtzeitig fiel mir der Whiskey ein, der in meiner Küche steht für Besuch, und vor einem Glas hatte Tony überhaupt keine Angst, um elf Uhr vormittags, am hellichten Tage. So konnte er mir etwas bequemer erklären, mit welchen Tricks er die Konstruktion des Sessels überlistet hatte, damit ich auch begriff, dass er mit Aufträgen verlässlich ausgebucht ist und diesen einen nur angenommen hatte, weil da die Bürger von Sheerness für jemanden gebucht hatten. – Wenn das Biest noch einmal bricht, dann nie an der Stelle, wo ich es in der Mache gehabt habe: sagte Tony, und erklärte, warum. Auch wollte er gern wissen, in was für ein Haus er ihn zurückgebracht hatte, und liess sich führen auf alle vier Ebenen, und verschenkte Anmerkungen zu den Möbeln. Von meinem Arbeitstisch sagte er, der hänge durch, und ich versetzte geistesgegenwärtig: Da rechne ich ganz auf Sie Tony! und er versprach mir eine Woche im nächsten Jahr. In der Küche war es dann Zeit für einen zweiten Whiskey. Leider hatte ich schon unerreichbar im Druck, was einem Tischler alles passieren kann in London in den dreissiger Jahren; an diesem Tag, an die zehn Jahre zu spät, sass vor mir der Gewährsmann, den ich hätte befragen sollen vor dem Aufschreiben. Tony hatte 1937 seine erste eigene Werkstatt in Islington (heute hat er zwei). Schon damals amerikanische Kundschaft, auch vornehme, die sich bei einem halbrunden Tisch die Beine so angebracht wünschten, dass sie zweifelsohne darüber fallen würden, und Tony grinst noch heute. Beim Beginn des Krieges wurde es für seine Eltern unbequem, weil sie aus Italien eingewandert waren; Tony hingegen war vorsichtig genug, in England auf die Welt zu kommen, und die Armee nahm ihn ins Medical Corps. Und darauf einen Ballantine. Nach der Normandie sei Bergen-Belsen auffällig gewesen; die Toten waren nicht blutig. Einfach so totgeschlagen, verhungert. Die übrigen musste Tony pflegen wie die Kleinkinder, und bekam doch nur wenige durch. Auffällig übrigens auch ein Jude in seiner Kompanie, der die toten Juden absuchte nach Zähnen aus Gold; den versetzte Tony zum Kartoffelschälen for the duration, was bei der Armee heissen sollte: auf Ewigkeit. – Und meine verstorbene Frau, die aus Spandau war, diesem Ort bei Berlin, die haben Sie ja wohl noch gekannt? fragte er, und nannte den Vornamen.

– Die hatte ich gekannt. Und während wir uns verabschiedeten auf ein Wiedersehen am morgigen Tage, begriff ich, dass Tony für seine Arbeit nicht bloss Geld haben will, sondern auch dies, eine Unterhaltung, wenn Sie es denn so nennen wollen. [27. Oktober 1980]

[Der Freund meiner späten Jahre, Charles]

Der Freund meiner späten Jahre, Charles, er hat oder fühlt in seinen tieferen Eingeweiden einen Klumpen, der drückt, der wandert, der beult sich aus, der stört ihn beim Nachdenken. Nun hat er sich über drei Lenze abspeisen lassen mit Tabletten ohne Wirkung, nun hat er eine General-Untersuchung beantragt, ausdrücklich mit dem Ziel vor den Augen, die Ärzte nähmen ihn unters Messer. Womit kam er zurück? Mit je fünf Tabletten für noch mal sechs Wochen. Er war recht enttäuscht. –

– Die haben Angst, mich aufzuschneiden: sagte er düster: Wo ich doch schon fünfundsiebzig werde dieses Jahr.

– Das kann auch was anderes sein als das Alter: versetzte ich mit der mir eigenen Behendigkeit. – Präsident Reagan haben sie auch operiert, und nach drei Monaten soll er so gut sein wie neu.

Hierauf schwiegen wir ein wenig, denn über Politik zu sprechen gilt als ungezogen. Aber ich wette, dass wir beide das selbe dachten: Über die Güte und die Neuigkeit dieses Amerikaners könnte man streiten. Und Charles sagt:

– Der is ja man bloss siebzig. Chicko! (Was nach seiner Auskunft »Küken« bedeutet. Werde ich mir merken und Max Frisch zurufen, wenn wir seinen siebzigsten begehen.)

Manchmal gelingt es mir, Charles eine Freude zu bereiten. Denn der Stiel meines Rasenmähers ist zwar mit Stahl verstärkt, bis auf drei Zentimeter so in der Mitte, und da ist er prompt, weil aus Kunststoff, gebrochen. Kennt Charlie schon. – Das machen die, damit Sie sich gleich einen neuen kaufen. Haben die sich geirrt, denn dies Stück bau ich Ihnen nach, aus ganz hartem Holz, aus Eiche am besten.

So hatte Charles, um was es ihm dringlich zu tun ist: was zu tun. Aber ich begehe auch Fehler. Im Februar hat er auf einen immergrünen Busch im Hintergarten gedeutet und befunden: Der würde sich doch gut machen in Ihrem Vordergarten, wo die Leute Ihnen immer auf den Schreibtisch kucken.

Also grub ich unter seiner Aufsicht ein tiefes Pflanzloch. Als er danach drei Tage ausblieb, sah der Busch mich versucherisch an, und als Charles wieder einmal zum Tee kam, sah er mich betrübend an. – You beat me to do it! sagte er, und ich schämte mich gehörig, weil ich den Busch ohne seine Beratung umgesetzt hatte. Bei jedem Abschied kuckt Charles nun zu der neu bepflanzten Stelle, und ich merke immer noch einmal: Es liegt kein Segen darauf.

Charles ist ein Mann mit Eigenheiten. Gestern abend besuchte ich ihn, und unser entschlossenes Schweigen wurde gebrochen vom Pfeifen des Wasserkessels. – Tee: fragte ich: um diese Zeit?

– Ne: sagte er kurz. – Will mich rasieren.

– Dann kommen Sie also später nach zum Bier, Charles?

– Charles, ich als Rentner. Einmal im Monat vielleicht, in Zeiten wie diesen!

Denn leider ist er stolz, und einladen lässt er sich nur, wenn er das vergelten kann.

Aber Rasieren am Abend, so für sich allein und seinen Kanarienvogel (»budgie«), das muss sein. Wenn nun noch einer mich verschroben nennt, dem werde ich von Charles erzählen.

Neulich zeigte ich ihm das beiliegende Bild, aufgenommen etwa 1965. Sein Kommentar war ihm ein bisschen plötzlich geraten: Jaha, das war, als Sie noch unschuldig waren.

Obwohl ich ihn, zwar etwas verblüfft, meiner Zustimmung versicherte, wollte er dringend den Schmerz lindern, den er bei mir vermutete, und sagte wiederholentlich: I like it! I like it!

Charles fühlt sich so allein, dass er prahlt mit einer solchen Sache: Gestern hat mein Sohn mich besucht, den ganzen weiten Weg von Halfway her (zwei Kilometer), von sieben bis halb acht, eine ganze halbe Stunde!

So viel von diesem.

Von den anderen, die hierzulande ja auch Charles gerufen werden, habe ich euch wohl schon erzählt, dass wildfremde Leute ihn grüssen in der Stadt und unterwegens. – Awright? fragen die, und ich antworte gebührlich: Not so bad, thank you! Davon gibt es nun eine Variante. – Been working to-day? fragt Tom. – Certainly: gebe

ich zur Auskunft, und füge erklärend hinzu: You see, I do that for a living.
– So war das nicht gemeint: entschuldigt sich Tom: Es ist bloss, weil es doch erfreulich ist, wenn mal einer arbeitet.
Und weil das die Wahrheit ist, werde ich eine Einladung zu drei Wochen Skandinavien ablehnen müssen. Vermittels dieser hätte ich euch besuchen können und euch all dies erzählen, von Charles, Charles und Charles (so heisst der Kanari), und von Tom.

[1. April 1981]

[Damit Charles auch das Richtige aufschreibt]

Da es auch am vorigen Freitag Abend geworden war nach teils sonnigem aber von kalten Winden durchpustetem Wetter, waren wir versammelt in unserer Männergesellschaft, die manche auch ein Bierkaufhaus nennen, wegen der Preise, denn wir hatten zum einen die Inhalte dieses Satzes zu besprechen und zum anderen das, was sonst noch angefallen war.

Kommt Charles rein, dieser Ausländer, von dem hab ich dir wohl schon erzählt. Heisst ganz anders aber wer kann solche deutschsprachigen Vornamen schon aussprechen, haben wir ihn umgetauft, hört er mittlerweile ganz gut drauf. – N'haabend, Charles! Good heavening! Wie wir das von ihm erwarten, lässt er sich nieder auf dem Hocker ganz links, denn den halten wir ihm frei bis mindestens sieben, und da ihm da auch die Abendzeitung für Sheerness und Umgebung hingelegt ist wie üblich, fängt er brav an zu lesen: Fenster eingeschlagen, Fernseher geklaut, goldene Uhr zum Dienstjubiläum ..., bis ihm ein neues Schild auffällt hinter der Bar:

DO NOT THROW / CIGARETTES ON THE FLOOR / AS PEOPLE LEAVING ON / THEIR HANDS AND KNEES / WILL BE BURNT

Was nun kommt, wir wissen es. Charles holt sein Notizbuch raus, schreibt sich das auf. Ihm ist es genierlich, uns ist das gewohnt. Dieser Spruch ist einer von jenen, da macht das Gedächtnis Zicken, kann Charles offenbar sich nicht leisten in seinem Beruf, irgend was mit Schreiben. Aber öffentlich schreiben, peinlich ist es ihm, und so beeilt er sich dabei, steckt das Heft gleich wieder weg, damit wir es wieder vergessen. Dabei fällt ihm endlich auf, dass wir alle gleichzeitig reden, wir waren ja wild.

– Einfach abschneiden. Die Hände abschneiden!

– Abhacken!

– Hier, ganz unten am Gelenk.

– Ich als Steuerzahler vertrete die Meinung –

– Richtig! Solche leben von der Stütze. Arbeitsscheu!

– Ich wäre für Abhacken erst im Fall einer Wiederholung. Beim ersten Mal sollte man ihnen die Arme brechen.

– Unter ärztlicher Aufsicht.
Nun hat Charles immerhin so viel begriffen, dass wir hier eine philosophische Frage hin und her wenden, die Ethik des Strafrechts, und er fragt uns nach der Natur des Verbrechens.
– We've been turned over! sagt einer der Betroffenen, in nahezu begeistertem Ton. Eingebrochen hat man bei denen.
– Die Musikautomaten aufgebrochen, die einarmigen Banditen, alle Flaschen ausgetrunken –
– Und das Telefon? fragt Charles: Haben Sie schon die Gespräche angemeldet beim Amt?
– Was: sagen wir: Was meinen Sie, Charles.
– Na, die können doch mit Yokohama telefoniert haben, während sie drin waren.
Da können wir nur den Kopf schütteln. Auf so was kommt nur Charles. So ist er eben.
– Das waren doch Anfänger, Charles.
– Junge Leute, auf Spass aus.
– Ich seh hier keinen an unter uns, aber die Jungens haben sich gut ausgekannt, und einer von denen könnte hier stehen, mitten unter uns.
– Sehr richtig!
– Auch ich habe mir bereits meine Vorstellungen gebildet.
– Denn sie haben den ganzen Rum mitgenommen, allen Martini, Wodka, Eierlikör, aber eine Flasche Whisky unangebrochen stehen lassen. Mir sagt das was.
– Eine Spur. Einer vertrug keinen Whisky!
– Die Hände abhacken!
– Ach was: sagt ein anderer der Betroffenen: Bloss, wenn sie mir die leeren Flaschen zurückstellen auf die Theke, hätten sie doch auch gleich aufwaschen können. Ist das einzige, was ich ihnen übelnehme.
Aber wir sind eben für das Abhacken, das Brechen und andere Misshandlungen jener diebischen Hände.
[...]
– Kinder! Kinder! spricht endlich der Wirt, mahnend, ganz der Va-

ter des Hausrechtes, aber zu spät ist es doch, Charles hat sich eine Menge nachdenklichen Wesens angenommen. Zwar tut er, als läse er unbeschwert fort in der Zeitung für die Isle of Sheppey samt Umgebung, und doch durchschauen wir ihn. In Wahrheit versucht er, sich das Ganze einzuprägen und zu merken. Wetten, wenn der zu Hause ist, er schreibt sich das auf?

Deswegen sagen wir ihm, leise und nebenbei versteht sich, noch unseren Wunsch für Lady Di, nämlich für den 29. Juli, oder vielmehr den Morgen nach der Hochzeitsnacht: ihr möge so zu Mute sein, dass sie den Mann im Bett neben ihr mit zarter Stimme befrage: Oh my Royal Highness dear ... do the poor get this?

Damit Charles auch das Richtige aufschreibt. Denn dass der mal ein Buch verfasst über diese unsere Insel, wie kann Einer daran zweifeln. Wird er doch auch zu gedrängt. Brauchst uns doch bloss ansehen. So wie wir gebaut sind. So wie uns der Schnabel gewachsen ist, und das Maul gewaschen. [16. April 1981]

[Wie geht's denn allen so ...]

– Ich kriegte die Tür kaum auf! betagt wie sie ist, setzt sie sich bei klammem Wetter gern auf die Schwelle. Zum anderen, mit ihr stemmte sich gegen mich, trotz abbestellter Zeitung, ein Haufen Post. Da die zu erledigen weh tun wird, mit Zeitverlust und Langeweile, gönne ich mir zu Beginn ein Vergnügen und schreibe an euch.

– Wie geht's denn allen so: eröffnete ich das erste Gespräch.

– Och, wir haben uns kaum verändert. Bloss Charlie.

– Charlie hat sich verändert?

– Gegangn is er, Donnerstagabend.

Charlie ist der einzige neue Freund meiner späten Jahre, geboren 1906, der den Garten hinter dem Haus wohl beaufsichtigen wollte, immer aus Freundschaft, keines Weges für Geld, und wenn ich ihn dann zu Ferien auf der Insel Man einlud, musste ich es hinstellen als eine von meinen Launen. Viele Nachmittage haben wir uns in gegenseitigem Schweigen geübt, über zwei grosse Tassen hinweg; es war ja alles gesagt.

– Da Sie ja weg waren –

– Weg war ich.

– Und nich wussten wann zurück –

– Nich?

– Haben wir die Blumen schon bestellt, in Ihrem Namen, wenn's recht ist.

– Is mir recht.

– Und hatten Sie eine wundersame Reise?

Die hatte ich wohl, und ich danke euch für die freundliche Aufnahme.

[31. Oktober 1982]

[Admiral Harvey]

Am Montag und Dienstag war Colis in Hamburg, als Stuhlmann (= Vorsitzender) der hiesigen Licensed Victuallers mit Kollegen von der Holsten-Brauerei eingeladen. Vorsorglich hatte ich ihm das Wort »Doornkaat« aufgeschrieben; was er trinken musste in allen Gelegenheiten einer dicht auf dicht angelegten Rundfahrt war Holsten-Bier, da denen die siebzig Prozent Export ihres Produktes nach England noch ungenügend erscheinen. Colis ist immer noch übel.
Colis baut jedoch auch ab unter dem Einfluss seines »light Ale«. Als ich ihm von Deutschland aus für Grant eine Flugnummer, samt der des Terminal und der Uhrzeit der Ankunft durchsagte, behielt er die Ziffern so verdreht im Gedächtnis, dass Grant geradezu die Wahl hatte zwischen einem Flug, den es nicht gab, und zwei Kontinenten. Da Grant er selber ist, verbrachte ich die Nacht dennoch unter einem gewünschten Dach.
Grant als Hausbesitzer, es ist eine überzeugende Darstellung. Für den Tag hatte er seine Frau zum Einkaufen mit nach London genommen, nun am späten Abend wollte er ohnehin zurück auf die Insel Sheppey; zwanzig Pfund von mir kassierte er doch. Die übliche Taxe wäre fünfundzwanzig gewesen. Den Rabatt verrechnet er mit den zwei Betten, die ich ihm für seinen Boden gestiftet habe, damit auch möblierte Menschen seine Hypothek finanzieren helfen. Grant hat seinen Umgang mit dem Bier auf einen Tag verringert, und erträgt es nach eigenem Bekunden ohne Beschwer. An diesen Dienstagen sind bei Colis die Coupons des hiesigen Fussball-Totos erhältlich; seine Frau berät ihn beim Ausfüllen, mit Zungenspitze die Lippen anfeuchtend. In seinem zu ebener Erde gelegenen Vorzimmer stellt er bürgerlichen Anspruch aus; rotlederne Sessel, Regulator, Tannenbaum. – Sieh mal: sagt er: Wenn ich bloss Streichholz kaufe, ist eine Steuer fällig. Wenn ich mir ein Bier gönne, wird eine Akzise aufgeschlagen. Nu arbeite ich den ganzen Tag, und da soll ich auch noch …? – Wenn's gut geht, will ich gern behilflich gewesen sein: ist das einzige, was mir dazu zu bemerken noch verstattet wäre.

Den Admiral Harvey werden Sie nur am Rande bemerkt haben. Wir nennen ihn so, weil es tatsächlich einmal eine Marineperson dieses Namens gegeben hat (nicht zu verwechseln mit dem Entdecker des Blutkreislaufes). Oder weil am Hafen von Folkestone eine Kneipe steht, benannt nach William Harvey. Dieser, eben zweiundsiebzig, gleichaltrig verheiratet, gibt auf Fragen nach dem Befinden seiner Frau an: Beautiful; still pregnant. (Vorgeschriebener Kommentar: What's she having? an elephant?) Tatsächlich hat er angefangen als Laufjunge, der musste Wettzettel austragen; kam hoch über Gemüsegeschäfte und glaubte sich wohlhabend im Besitze eines Ladens mit Zeitungen, Süssigkeiten, Tabak. Der ist hereingefallen auf ein junges Mädchen, das dieses Unternehmen eintauschen wollte gegen ein Lächeln ab und zu, so wie auch Kredite. Die fiel dann auf mit Ferien in Spanien, wie sie aus Schulden schwerlich zu bezahlen wären, kostspieligen Haus-Umbauten, am Ende drei Autos, von denen eines ein Mercedes war; die Auslieferung der Zeitungen wurde beliebig wie das Wetter. Als ich meine Aufträge kündigte, war der Admiral Harvey immer noch ohne Ahnung; eine Woche später begann das Konkurs-Verfahren. Zwar sind seine Darlehen eingetragen; der erste Schuldner allerdings – Gläubiger allerdings ist eine Bank; nun kann er lange warten auf die Rückkehr seiner Ersparnisse. Sitzt bekümmert in seiner Ecke und lässt sich erzählen, dass seine junge Schuldnerin nach wie vor mit einem Lächeln auf den Lippen die Stadt durchstreift, in einer Kneipe nach der anderen (am Vormittag) aufkreuzt zu harten Sachen mit etwas Weichem dazu; und weil es auszusprechen ihm über die Kräfte geht, sagt es einer von uns: Es gibt eben Leute, die haben kein Gewissen. Er begnügt sich mit zwei drei Glas am Abend und scheut zurück vor der Konvention, nach der eine Einladung vergolten werden soll mit einer eben solchen, in der Regel. Ja, er nimmt das gespendete Getränk entgegen, die »slack Alice« – was noch vor dreiviertel Jahr »Charlie Harry« geheissen hat, welchen Namensverlust ich manchmal zurückführe auf eine Ähnlichkeit mit meinem hiesigen Pseudonym Charlie Henry –, aber früher hat er gezwinkert. Heutzutage sucht er Verständnis in einem schwermütigen Blick. (3. Dezember 1983)

[Deutsches mitten im Englischen]

Auch wäre es an der Zeit, Ihnen eine Frage zu beantworten, nämlich wie es so mit dem Deutschen ginge mitten im Englischen.
Als ersten Zeugen nenne ich einen Pensionär, von seinen Altersgenossen mit Respekt »Major« genannt, dem fiel mein Akzent gleich auf, der wollte seine Herkunft nun genauer wissen. – Aus Berlin: bot ich ihm an, eingedenk der Leute in Berlin, denen er auf den Pelz hatte rücken wollen aus seinen guten Gründen. – Berlin, what a splendid city! rief er aus. Da habe er seine Flitterwochen verbracht, 1921. Und wollte mir einen ausgeben – be a dashing young fellow tonight! redete er zu. Was ich von anderen erfuhr, war sein Einrükken mit den ersten Truppen in Berlin 1945, und dass er seitdem eine unverrückbare Meinung über die Deutschen als Rasse äusserte, eben ausser gegenüber mir, dem Einzelnen, dem Gast.
Als die nächsten Zeugen führe ich Leute auf der Strandpromenade an, Spaziergänger, Nachbarn. Wie es sich gehört, eröffnen wir das Gespräch mit dem Wetter. Es ist graues Wetter, nässlich, es macht die Abende lang; da ist doch ärgerlich, wie kahl das Fernsehprogramm aussieht. – Nee heute abend is was: sagt einer, und ich weiss was für eine Sendung er meint, da er die Uhrzeit sagt: 9:25. Eine Dokumentation über Auschwitz. Jedoch blickt er an mir vorbei und sagt verdrossen: Ach so ne olle Kriegsgeschichte.
Ein anderer stellt sich neben mir auf und sagt mir einen deutschen Hintergrund zu auf den Kopf, unmittelbar überleitend auf die Mitteilung, dass ich geographisch gesehen Glück gehabt hätte, denn wenn ich nun aus dem Ruhrgebiet käme, so habe er das zusammenbomben helfen zu ducking bits, Inhaber des Distinguished Flying Cross der er ist. Aber nunmehr sei dies vorbei, und er vergebe mir für seine Person. Spricht's und stakt von dannen. Diesen einen habe ich nie wieder getroffen, denn er bekam Lokalverbot, für die Verletzung der gültigen Regeln: Gespräche über Politik sind ungehörig, private Attacken ausgeschlossen.
Es liesse also sich zusammenfassen in dem einigen Beschluss, dem Deutschen die Nationalität und Geschichte nie zu vergessen, und in

der Entscheidung der Mehrheit, ihn damit in Ruhe zu lassen, da er offenbar selber es vorzieht, dies schweigend abzumachen.
Das kann so weit gehen, dass sie ihn schützen vor anderen Leuten mit eben solcher Herkunft, Deutschen auf Urlaub, die etwas zu laut ihre heimatliche Stadt vergleichen mit dieser, die ihnen hässlich erscheint, eng, dürftig, angeschmutzt. Auf englisch versuchen sie mitzuteilen, dass es sie dringend verlangt nach einem Dach über dem Kopf, einem Bett unter den Rücken, und einem Frühstück dazu. Die Einheimischen wissen unter sich einen Deutschen sitzen, der diesen Besuchern einfach mit der Sprache das Unter- und das Weiterkommen erleichtern könnte; da aber aus seinem Benehmen ersichtlich ist, wie wenig Verwandtschaft mit solchen Landsleuten er sich wünscht, verstecken sie ihn in Konversation auf englisch und sehen den Touristen beim Abzug nach, als hätten sie was Dringendes auf der Zunge und würden es doch verschweigen, jeden Falles mir. Und ich glaube bloss zu ahnen was es ist. [3. August 1981]

[Kent: »Englands Garten«]

Gestern habe ich mir einmal »frei« gegeben (von jenen beschwerlichen »Frankfurter Vorlesungen«) und fuhr und ging spazieren in Kent.

Wie an Sonntagen oft, reparierten British Railways auch an diesem Geleise, so dass in Shepherd's Well umzusteigen war in einen angemieteten Bus. Der Fahrer hatte lange zu palavern mit zwei alten Frauen, die sich vergewissern wollten, dass sie den Bus für die Rückfahrt also statt an ihrem Bahnhof an dem dazugehörigen Fussweg erwarten müssten, und in einem fort sagte der, ohne sie im mindesten zu kennen: That's right, love. You see, love ...

Das kann einem gefallen, wie die kahlen, wenig begrasten Berge von Dover, oder die Gegenden, wo Kent noch mit Recht »Englands Garten« genannt werden darf: unzählige Lämmer mit ihren Müttern auf erstaunlich grünen Wiesen (eins, mit schwarzen Beinen, hat es nötig und lässt sich empfehlen), von Laub überwölbten Landstrassen, Martello-Türme* an der überdunsteten Strasse von Dover, dann wieder in jungen Saaten staksige Möwen und Rebhühner. Ein ganz faules Schaf habe ich gesehen, das hatte sich mit den Vorderbeinen zum Gras hingekniet, und viele Pferde gingen sorgfältig umher. Dabei fiel mir ein, wie unschicklich es ist, das alles für sich zu behalten, und so will ich Ihnen denn meine Einladung erläutern.

Genau in den Hafen von Sheerness fährt zweimal am Tag eine Fähre für Personen und Autos, von Vlissingen aus, betrieben von der Olau-Line, Ihr Reisebüro weiss mehr. Wenn Sie über Dover kommen sollten, so ist die Fahrtrichtung einfach bestimmt durch Can-

* Türme mit zwei gewölbten Stockwerken und einer Plattform für ein bis drei Kanonen. Sie wurden zu Anfang des 19. Jahrhunderts von den Engländern zur Bewachung und zum Schutz ihrer Küsten angelegt und dienten später als Wachttürme gegen die »Schleichhändler« (so *Meyers' Konversationslexikon* von 1889). Martello-Türme wurden zuerst in der Zeit Karls V. gegen Seeräuber in Sardinien (bei Martello) und Korsika errichtet. Auf einem Martello-Turm, von dem aus man Dublin Bay überblickt, beginnt James Joyces *Ulysses*. [Anm. d. Hg.]

»Martello Tower, Pevensey Bay«.
Aus der Postkartensammlung Uwe Johnsons.

terbury und Sittingbourne, in diesem spätestens werden Sie nach rechts verwiesen, nach Norden, auf die Isle of Sheppey.
Ich gehe aber davon aus, dass Sie das Flugzeug vorziehen, und erwähne die direkte Zug-Verbindung zwischen Gatwick und dem Londoner Bahnhof Victoria. Sollte man sie in Heathrow absetzen, ist der schnellste Weg in die Stadt der mit der Untergrundbahn (Piccadilly-Linie), auf der man in Hammersmith umsteigt in die District-Linie, die unter dem Victoria-Bahnhof verläuft. Dort ersteht man die jeweils gewünschte Zahl von »return ticket(s) to Sheerness, Kent«, von dort, in der linken Halle, in der Regel auf den Geleisen eins bis sechs, fahren zweimal in der Stunde Züge nach Ramsgate und Dover, die können Ihnen beide recht sein. Denn beide berühren, nach fast genau einer Stunde Fahrtzeit, Sittingbourne, da wäre umzusteigen in den Zug nach Sheerness, der am gleichen Bahnsteig gegenüber wartet. Und wenn Sie mir Ihre Abreise aus London telefonisch angekündigt hätten, stünde ich in Sheerness wartend da. Im anderen Fall würden Sie sich vor dem Bahnhof nach rechts halten,

in die High Street hinein, bis zu einem schwer übersehbaren Uhrenturm, wo es nach links geht, auf den Broadway. Dieser aber wird nach der katholischen Kirche zur Marine Parade.

Tagesrückfahrkarten nach London (»day returns«, gültig ab neun Uhr morgens) kosten zur Zeit zwölf Mark, und da die Fahrt dahin regelmässig anderthalb Stunden dauert, kann man Sheerness auch benutzen als Stützpunkt für Besuche und Besorgungen dort. Nach Canterbury könnte ich Sie führen, und was ich gern zeigen würde, ist das Dickens-Haus in Broadstairs und der Weg von dort am Wasser entlang nach Ramsgate, auch der über die Shakespeare-Cliffs von Dover nach Folkestone. [23. April 1979]

»Shakespeare Cliff, Dover«.
Aus der Postkartensammlung Uwe Johnsons.

[*»Shakespeare of Sheerness«*]

Dies schreibe ich Ihnen alles umgeben von kräftigen Männern, die schwere Hammer sausen lassen gegen Holz oder Stein. Dazu muss aber Radio 3 jeweils einen Streifen Bartok durch Zeit wie Raum ziehen, oder Brahms. Aus meinem Gerät kommt Haydn. Darauf stellen diese Sachverständigen ihrs ab und machen ein einverstandenes Gesicht. Nachdem ich meine Strähne ausgeschaltet habe, warten sie gewiss eine Weile, bevor sie mir den dritten Satz von Brahms anbieten. Über dergleichen reden wir nicht, wohl aber über das Wetter. Brighter to-day, isnit. Quite. After that dreadful rain yesterday. Heimlich gehen diese Menschen dann zu E. und beklagen mich, weil ich inmitten solchen Lärms zu schreiben hätte. Da wir einen T.V.-Apparat haben, jedoch die Heizung manchmal zusammenbricht (ja –: es hängt zusammen!), heisse ich leider der »Shakespeare of Sheerness – without heating, but not without television«. Es ist eher soziologisch aufzufassen, höre ich aus fachmännischen Kreisen. Jetzt ist es bei Ihnen eine Stunde später, da muss ich eilends auf die Post.

[25. November 1974]

So ist es nur billig wie erforderlich, dass ich mir neben vier englischen Zeitungen und zwei deutschen wöchentlichen Publikationen auch eine Tageszeitung aus Frankfurt am Main halte und mitreden kann, wenn auch mit mindestens drei Tagen Verspätung, etwa über den Christdemokraten Kohl, der in einer Fernseh-Diskussion mit niederländischen Bürgern etwas weniger als rühmlich davonkam und die Schuld nun den regierenden Sozialdemokraten gibt, des Deutschlandbildes wegen nämlich, das diese im Ausland verbreiten: sagt er ganz ernsthaft ... aber ich weiss, ich will nur einen garantierten Besuch am Morgen, das verlässliche Extra, eine Zutat zur Pflicht, den Guardian zu lesen.

Gelegentlich am Telephon melden sich Leute, die sind in die Irre gelaufen beim Wählen. Die Entschuldigung, die sie erbitten, bekommen sie von mir geliefert in einer ausführlichen Form.

Ein Leser schrieb dem Guardian, seine Katze Toby sitze so gern auf dieser Zeitung, aber nur wenn sie so gefaltet sei, dass das Kreuzworträtsel nach oben komme. Nun aber, während des Druckerstreiks ... Ich schrieb der Katze Toby, bei ihren Menschen lebend, eine Postkarte: Nun mach schon, Toby, löse diese Kreuzworträtsel!

Es ist aber bloss die Form, und der Anschein des Kontakts. Die Dame, die mir zweimal in der Woche den Haushalt säubert, ist vor Gesprächsversuchen von meiner Seite durchaus sicher. Sie hält es für eine normale Vorschrift, dass die Lautsprecher eines Grammophons ein bisschen neckisch schräg stehen sollen, und das lass ich so, weil es ihr anders auffiele. Wenn sie aber nach dem Staubwischen mein Exemplar von Barlachs »Die Schlafenden« so rückt, dass ich sie von vorn sehe statt von der männlichen Seite, stell ich das um, genauso stillschweigend, wie ich ihr eine Dreiviertelstunde bezahle als eine volle. Aber wenn sie sich verspätet, wie heute, gilt erst mein zweiter Gedanke der gehörigen Besorgnis, eines ihrer Kinder könne erkrankt sein, mein erster aber der Tatsache, dass nunmehr der Ablauf des Tages gestört sei.

Denn die Stunden sind säuberlich geordnet, in der vorgeblichen Hoffnung, dies werde der (»möglichen«) Arbeit zugute kommen, in Wahrheit nur dem Bedürfnis zuliebe, dem Tag Gräten einzuziehen.
So muss bis dreizehn Uhr die Korrespondenz vom Tisch sein, Kleinaufträge eingeschlossen, bis vierzehn Uhr das Mittagessen im Dauphin Café gegenüber mitsamt dem Einkaufen erledigt, damit pünktlich das Warten vor dem weissen Blatt in der Maschine beginnen kann.
Die zwei Stunden am Abend, die ich im »Seaview« unter Leuten verbringe, bieten einen Ersatz von Geselligkeit. Denn die Unterhaltungen befassen sich nach strengem Standard mit dem Wetter; nach den Fluten vom Jahreswechsel dürfen sie ausgeweitet werden auf das Verhältnis des angekündigten Hochwassers zur Richtung wie Stärke des Windes. Allerdings, gestern sind abermals die Preise erhöht worden, da war ein wenig die Rede von der Wirtschaftsgemeinschaft mit Europa, abträglich. Und wenn einer doch einmal einen Verband an der Hand erklärt und dabei ausgreift auf seinen Beruf, die Fahrt zur Arbeit, das Benehmen des behandelnden Arztes, so dankt er mir zum Schluss für meine Interjektionen, die Sitte betonend: Thank you for the company, Charles. Dies Spiel mit Formeln und Schweigen dauert für mich nie länger als zwei Stunden, dann heisst es von allen Seiten: Tada, Charles!
Keiner da versucht, mich aufzuhalten mit noch einer Einladung; es wird die Verfassung respektiert, die Charles sich gegeben hat. Auch dahin gehe ich ja nur in der zuverlässigen Gewissheit, dass ein ausgesuchter Name, wiewohl im Englischen häufig vorkommend, keinerlei Erwähnung findet.
Ein Leben lang haben die vereinigten Hunde der Welt mir ihre Feindseligkeit gezeigt, und ich meinte dies gelernt zu haben. Dennoch habe ich neulich geträumt, wie das Leben mit einem Hund im Hause wohl sich anliesse. In welcher Sprache würde ich mit ihm verkehren? Und der Name Bauschan werde mir verwehrt sein, Fritz Reuters wegen, und ebenso das Verhältnis von Herr und Hund, da es beschlagnahmt ist von Thomas Mann, dessen Preis ich am

25. März in Lübeck entgegenzunehmen habe; wer aber ein Haustier länger als eine Nacht allein lässt, wird wegen Tierquälerei verfolgt und bestraft. Endlich gelang mir das Aufwachen mit dem Bewusstsein, heute sei Donnerstag, der Tag, an dem die Sheppey Gazette erscheint.

[6. März 1979]

[Wir sind hier Gäste]

I.

Nachdem die hiesigen Zeitungen mittels einer behaupteten Zuckerknappheit die Aussicht auf Katastrophe ausgiebig genossen, ist nun eine da. Das Brot ist fast weg aus den Läden. Schlangen auf den Bürgersteigen, selbst hier fünfzehn Meter lang, Doppelreihe. Panikkäufe in Mehl. Dann fehlt zum Selbstgebackenen die Hefe. Allerdings schliessen wir uns der Aufregung nicht an, schon weil wir ja Sauerteig vorziehen würden. Auch stimmen wir nicht ein in die Verwunderung eines einheimischen Kritikers, der die Qualität des britischen Brotes benutzt als ein Argument gegen den Wieder-Eintritt des Landes in den Europäischen Markt. Wir sind hier Gäste, wir benutzen schwedisches Brot. Auch haben wir beinahe schon ein Zimmer für Gäste. Da könntest Du mal selber sehen.

[6. Dezember 1974]

II.

Es hat für uns den Anschein, als werde der öffentliche Pessimismus nicht ohne Spass an der Freud betrieben (so dass gelegentlich echte Katastrophen nur kurzfristig auffallen). Als der Zucker angeblich ausgegangen war, wurde er sogar mir von unter der Kasse her angeboten. Wie immer es sich verhält mit den Schreckensmeldungen zum Mangel an Arbeit, in den selben Zeitungen wird Geld angeboten auch für einfachere Verrichtungen. Auf dem so genannten Höhepunkt der vielberedeten Brotkrise stand Knäckebrot in Haufen in den Regalen, und man hätte von Vienna rolls auch leben können. Nein, Elisabeth backt das Brot, damit es uns ähnlicher schmeckt.

[23. Dezember 1974]

[So reden wir]

I.

Im übrigen darf ich Wohlverhalten melden. Wir reden gewandt über das Wetter und erweisen uns als Nachbarn. Kein grosses Kunststück, denn einmal war die Temperatur einen Grad unter Null. Wird man gleich erinnert an jenes Jahr, als die Themse zufror. Wir sind eingeweiht und gestehen dies: 1963, nicht wahr? Ja, so in der Drehe war es wohl. Konnte man ja bis nach Essex rüber. Hier verlieren wir unsere Fassung ein wenig, in einer kontrollierten Art, und fragen: Das Fahrwasser war auch zu? Na. So ganz zu ... aber es gibt Bilder davon. Ne. Von dem Mann doch, der gesagt hat, er ist ganz rüber gewesen! Ja. Wirklich kalt heute. Scheusslich. Heute abend, das sage ich Ihnen, heute abend sehen wir Schnee!

Dann war es ein wenig Regen, und wir sagten: Doll, dieser Regen gestern nacht, was? Na, Mensch. (Politik und das regierende Haus gibt es nicht.) So, wie der Wind steht, die Wellen müssten doch höher sein.

So reden wir, und das Kind fährt jeden Tag seine acht Kilometer von und zur Schule, im Wind. Die redet über anderes. [27. Januar 1976]

II.

SZENE, aussen: Zugeregnete Strasse, im Winde wankendes Wirtshausschild. Mann, durchnässt, betritt das Gebäude.

SZENE, innen: Gaststube. Wirt. Mann, eintretend.

WIRT. Rather wet out there, I presume.

GAST. Must have something to do with the weather, I think.

ZUSCHAUER. (Bricht in Tränen aus.)

So viel von der hiesigen Diskretion und vom vorhandenen Wetter.

[21. November 1978]

[Aufenthaltserlaubnis]

Und, bitte erschrecken Sie nicht: *Die Besichtigung eines Zeitalters** ist gekommen (G'd Mornen, you'v git a Rechister, right! – thank you – lovely!), richtig mit einem Zollstempel. Dover, und es ist alles viel grauslicher als erinnert und in manchem doch keineswegs zu erklären durch die Abschottung der Informationen in jenen Zeiten. Aber nun habe ich es und kann das bei Gesprächen schwarz auf Weiss aus dem Regal ziehen. Bedankt sollen Sie sein.
Rechister = registered letter. Lovely Morning!
Ja. Das mag ja nun so sein mit Ihrem fernmündlichen Kindergespräch in die Schweiz. Aber bei uns erst! Obwohl zugehörig der Europäischen Union, müssen wir doch alle Jahre bei dem, was bei Ihnen auch gut und gerne das Heimatministerium heissen könnte, also in Croydon holen wir die Verlängerung einer besonderen Aufenthaltserlaubnis ein und sollen dabei jeweils, wie ein neuer Mieter einem krisenfesten Hausbesitzer, Rechnung legen über das Geld, was wir so haben. Registriert aber sind wir bei der Fremdenabteilung des Kent County Constabulary in Canterbury. Croydon hier, Canterbury da – das konnte ja gar nicht gut gehen, und so empfingen wir neulich morgens gefasst den Besuch eines ganz jungen Polizisten, der war eben erst von der Schule gekommen, und ob wir wohl Ausländer wären, und ob wir da wohl so einen Zettel hätten, so dass wir ihn in die Bibliothek führten, wo er ganz entsetzt –
ich auch. Ich auch!
ob der vielen unerledigten Post Platz nahm und sich aus der Aufenthaltserlaubnis etwas aufschrieb, denn er sah so ein Ding zum ersten Mal, also er wird wohl die Druckfehler verzeichnet haben, auf einem Fetzen von Zettel, und schniefend, und hätte so gern eine Tasse Tee gehabt, war aber doch so ungeübt im Dienst, und Auf Wiedersehen, gegen Mittag wird wohl die Sonne durchkommen – Tschüss.

* Uwe Johnson hatte sich das im Aufbau Verlag erschienene Buch Heinrich Manns von Hans Joachim Schädlich gewünscht. [Anm. d. Hg.]

Und nun werden wir ausgewiesen werden.
Aber Ihren Brief, den habe ich mir noch rasch aus den Stapeln herausgefischt, wie Sie sehen. [18. Februar 1977]

[Insulare Manieren]

Da Du fragst, ob ich krank sei, kann ich sagen, dass es mir schlecht geht.

So sehr, dass ich gestern mittag in einem Fahrstuhl der Goodge Street Station eine mir völlig unbekannte Dame ansprach und mich erkundigte nach dem Alter des winzigen Kindes, das sie in einem Tragtuch bei sich hatte. Es sei vorzeitig geboren, und vier Monate alt: teilte sie mir ganz unerstaunt mit. – Aha: versetzte ich in meiner geistesgegenwärtigen Art, aber mir fiel noch ein, dass man sich auch ein wenig verbeugen kann gegen das Kind und Glückwünsche äussern. – Ja: sagte die Frau: sie hat eben ihren Arzt besucht. Dann ging die Dame vor mir auf den Bahnsteig, ohne Zweifel verdutzt über die Unbeholfenheit, mit der ausländische Touristen sich versuchen in Freundlichkeit.

Die Freundlichkeit kam aber von der Dreiviertelstunde, in der ein Zahnarzt (B.D.S. = Bomb-Disposal Squad) mir einen Backenzahn weggenommen hatte und an den anderen allerhand Schmerzliches vorgenommen hatte. Bitter war seine wiederholte Versicherung, es tue gar nicht weh, und so werde es nun regelmässig über die nächsten drei Monate gehen. [...]

Am Abend im Seaview, im windigen Sheerness, geriet ich an der Bar ins Gespräch mit einem Fremden, der mir nach allerhand philosophischen Auskünften über das Leben überhaupt die Frage stellte, was ich so von den Frauen halte. – Oh: entgegnete ich in der insularen Manier: ich sei da sehr für persönliche Beziehungen. Er aber verfluchte sie insgesamt, und ich wollte wissen, ob er schon einmal im Gefängnis gewesen sei. Das erstaunte ihn sehr, und ich musste ihm erklären, dass die Intensität seines Unmuts gegen das andere Geschlecht leicht schliessen lasse auf Handlungen, über die dann ein Richter anders denkt als man selber. Selbstverständlich folgte nun ein Angebot, das ich zurückwies mit den erprobten Worten: Anderer Leute Bücher schriebe ich nicht. Später klärten meine Freunde mich auf mit der Warnung, dass ich da an einen regelrechten Tunichtgut (für hiesige Verhältnisse eine recht herbe Verdammung) geraten sei, und es sei schade, dass sie mich nicht hätten retten können. Aber ich kam nach Hause, ohne dass er etwas gegen mein Leben getan hätte. [1. Juni 1977]

[Eingemeindet]

I.

Die Leute von Sheerness haben mich eingemeindet. Auch Unbekannte grüssen nun, wenn sie mir auf Spaziergängen begegnen; manche fragen sogar nach dem Ergehen. – All right? heisst das, und bedeutet, alles in einem: So, du bist also auch da. Macht das Spass? Geht's voran? Kommst du zurecht? Keine Zahnschmerzen, hoffentlich? Nu man zu.

Neulich habe ich mich wahrhaftig gefühlt als ein betroffener Bürger. Da war ein Hund auf der Promenade, der ging mit seinen Menschen spazieren. Vielleicht war ihm das weit weniger vergnüglich, als sie dachten, denn er verweigerte den Sprung über ein bloss fusshohes Flut-Tor, welches nämlich von Amts und Überschwemmung wegen geschlossen zu halten ist. Zogen Herrchen und Frauchen das auf, statt ihren Herrn Hund darüber zu heben, und liessen es offen stehen. – Touristen! dachte ich mit so ehrlicher Abneigung, wie sie früher die Fischländer ausdrückten mit der Feststellung: Dumm wie ein Badegast!

Aber wenn das »vom Festland« mitgebrachte Brot alle ist, was tu ich dann? Nach London fahr ich, alle achtzig Kilometer und hole deutsches Brot. Ausländisches Brot und Fleisch, das lernt einer wohl nie, oder zuletzt. [13. März 1979]

II.

Hier wird nun auch, seit langem, Weihnachten gespielt, mit einem amtlichen Tannenbaum am Uhrenturm und einem amtlichen im Postamt, der statt des gewöhnlichen Schmuckes Prospekte trägt, auf denen die Anstalt ihre Leistungen anpreist oder die Kunden vor unsachgemässer Benutzung warnt, ebenso bunt. Vom Fieber des

Der Pächter des »Seaview« überreicht einen Scheck aus einer Wohltätigkeitslotterie seines Hotels. Ausschnitt aus dem *Sheerness Times-Guardian* vom 15.9.1978.

Einkaufens sind wir frei geblieben, aber reingerissen worden in den Rummel bin ich doch, auf eine gefährliche Weise. Denn in »meinem« Biergeschäft wird ein Kuchen verlost, und als die Kerls ihn mir hinhielten, las ich in ihren Augen so deutlich die Aufforderung: Man los, Charles (dort heisse ich so) ... dass ich zehn tickets nahm. Es ist eine veritable Alpenlandschaft, der Kuchen, mit Skifahrern, Berghütten, etc., an die fünf Pfund schwer. Alles zu einem guten Zweck, versteht sich, für die Königliche See-Lebens-Rettungs-Gesellschaft, aber ... aber heute abend werden die Lose gezogen, und stellen Sie sich vor, ich gewönne das Ding! Wir hätten acht Wochen daran zu tun, und mögen das nicht ... [20. Dezember 1975]

III.

Denn jene Überdecke fürs Bett, die hatte ich für Euch gewinnen wollen. Das Nähere könnt Ihr den beiden beigelegten Losen entneh-

men, und vom Gewicht dieses weissen Ungetüms will ich andeuten, dass die Damen immer ein wenig einknickten, wenn es ihnen zum Bewundern auf beide Arme, gelegt wurde. Auch will ich bemerken, dass ich noch die jeweils folgenden vier Nummern besass, also insgesamt zehn Chancen hatte.
Am Abend der Ziehung war Norman (zweiter von links) nur wenig aufgeregter als Ron (fünfter von links), der Stifter dieser Lotterie. Denn Normans Frau hat über ein Jahr lang an dem hellen Klumpen im Vordergrund gestrickt, gestickt, gewebt, geknüpft, genäht, was weiss ich, und wie er einem unbekannten Ausländer, wohnt Marine Parade (dritter von rechts), erzählte, hatte er schon drei Leute in der engeren Wahl für den Fall, dass nämlich er selbst die Decke gewinnen würde. Nun hat Normans Tochter das Los
– I could kick myself! sagt die
verkauft an jene Mrs. Stanton, die aber ist mit Normans Familie verwandt, so zog er dann mit dem dicken Bündel ab, es ihr zu bringen.
Wäre es aber nach mir gegangen, so hättet ihr demnächst ein ganz erstaunliches Paket bekommen. [15. September 1978]

[Die Sheerness Times-Guardian]

I.

Hier tragen immer noch die ärmeren oder die strebsameren Schuljungen am frühen Morgen die Zeitungen aus, ganz wie im Märchen. Am Freitag kommt die »Sheerness Times-Guardian«, und Sie können gar nicht die Spannung überschätzen, mit der wir ihm entgegensehen: ein Bügeleisen gestohlen, ein Hund in Beton-Armierung verstrickt, Susan hat Colin geheiratet, Verwandte aus Neuseeland zu Besuch. Täglich kommt der so genannte »Guardian«, das ist aber ein strenger Onkel, und so findet er westdeutsche Nachrichten selten jener Seiten würdig, die er standhaft überschreibt mit »Übersee«. Wenn aber einmal der Bundeskanzler sich an die Nation gewandt hat, so muss er uns das sagen, und so weiss ich denn von Ihnen, dass Sie seit fast einer Woche keine Zeitungen haben, und Ihre Schwester auch nicht, und auch Ihr Mann nicht.
So können Sie von diesem Land kaum wissen, welch kuriose Abart von Streik hier erfunden wurde. Die Lehrer wollen ein höheres Gehalt. Deswegen den Unterricht verweigern, Sie mögen es vor den Kindern nicht verantworten. Aber in der Mittagspause die Kinder beaufsichtigen, zwar ehrenamtlich und nur belohnt mit einem kostenlosen Anteil am Schulessen, das tun sie nicht. Und weil die Kinder unter sich doch Unfälle anstellen können, für die sie verantwortlich wären, müssen die kleinen wie die grossen vom Nachwuchs Englands so lange vom Schulgelände auf die Strasse, wo denn die Verantwortung für Unfälle etwas leichter zu verteilen ist.

[16. März 1978]

II.

Bitte, lassen Sie mich so beginnen: With faith in mind ... Denn es ist nun einmal Freitag, da erscheint die »Sheerness Times-Guardian«, das Blatt für die Orte der Insel Sheppey, damit wir doch wissen, wem neuerdings das Auto (das Fernsehgerät, das Motorrad, der Videorekorder, der Rasenmäher) gestohlen ist. Oder dass zwei Jungen, achtzehn Jahre alt, in einem befreundeten Haus sich unterhalten mit einer Sechzehnjährigen. Sagt der eine Paul: You want to have sex? Da lacht sie bloss, die Ruth. Sagt der andere Paul: Let's go through with it. Geht der eine in die Küche, kommt zurück mit einem Brotmesser, sticht es ihr von hinten ins Herz. Nun sitzt Mutti da und klagt: das Mädchen, ja schon, God rest her soul, aber Paul ist so ein lieber Sohnemann.

Dafür haben wir die »Sheerness Times-Guardian«, und auch damit religiöse Anfälle bedient werden. Es spricht heute der Reverend John Cockrell.

Eine eigentümliche Woche habe er hinter sich. So sei ihm im Osten der Insel ein dreibeiniger Hund unter die Augen gekommen, und ein medizinischer Fachmann habe ihm erklärt, so was überlebe ein Hund schon mal. Jedoch, seine Familie (die des Reverend) weigere sich beharrlich, ihm zu glauben. Zum anderen, er habe vor der Küste von Sheerness ein Unterseeboot erblickt, ohne Staunen, denn die würden ja im nahe gelegenen Hafen Chatham versorgt. Wieder sei die Familie bei ihrer Skepsis geblieben. Zum dritten, er ist auf der Strasse nach Canterbury einem Japaner begegnet, der war auf einem Einrad unterwegs nach London. Die Familie hält fest an ihren Zweifeln. (Möchten Sie in dieser Pastorenfamilie auch nur Hauskatze sein?) Nun hätte er seine Leute ja: sagt der Reverend: an die Ostküste, die Nordküste der Insel oder nach Canterbury führen können, ihnen die drei Unglaublichkeiten zu präsentieren. Vergeblich, denn der Hund würde an diesem Tag nicht ausgehen, das Unterseeboot verhielte sich nach seiner bezeichneten Funktion, und der Japaner wäre längst in London und vielleicht ein Malaye auf einem Kinderdreirad. (An den Inhalten dieses letzten Satzes ist der Reverend ein wenig unschuldig.) Hier haben wir: secht he: eines der grundlegenden Probleme der Christlichen Kirche: Wir berichten Dinge, um deren Wahrheit wir wissen, aber der Unglaube erhebt sein Haupt; wenn man nachsieht, sind sie weg. Anders, wie anders doch nun hingegen das Wort Gottes ... with faith in mind. [11. Februar 1983]

[Brian – Leider auch »Johnson«]

Aus der englischen von meinen Heimaten biete ich Ihnen eine Geschichte an, die hat auch zu tun mit Reisen. Unter den Lesern unserer Kent Evening Post ist einer, Brian (leider auch »Johnson«) mit Namen, empfindlich gegen Meldungen, die nach seiner Ansicht dem Ansehen der U.d.S.S.R. Abbruch tun (Ungarn, oder Polen, die sind ihm ganz egal), und beschwert sich wieder und wieder per Leser-Brief. Dem widersprechen seine Nachbarn per Leser-Brief, und eine Zeit lang mag der zuständige Redakteur in diesem Spiel eine Aufmunterung der Brief-Seite vermutet haben. Dann platzte ihm der Kragen mit der Aufforderung an Brian J., er möge sich begeben an den Ort seiner Wahl, Hinfahrt bezahlt von der Redaktion, und vielleicht mal ne Karte schicken. Dies widersprach dem Vorurteil, das ich unterhalte von der britischen Fairness, und auf einer Postkarte schlug ich den Herausgebern vor, mit mir sich zu einigen auf ein Land, über das wir uneinig seien, woraufhin sie mir eine Flugkarte (einfach) dorthin schuldig sein würden, und das mit der Postkarte würd ich mir überlegen. Schickte es ab und vergass es. Von einer Reise zurück, bekomme ich erzählt von links wie rechts, das sei so abgedruckt worden, mit meinem Namen und der Anschrift. Aber keiner hatte das aufgehoben, und so warte ich nun in einem Ungefähr auf eine öffentliche Diskussion über Feuerland oder Canada, und sehe auch dem Ticket entgegen. Ich hoffe jedoch, es liefe hinaus auf Neuseeland. [16. Juni 1981]

[Die Katzen der Nachbarschaft]

I.

Gefallen würde Euch auch der noch nicht vierjährige Junge, der in Sheerness steht hinter dem halb offenen Fenster und sich langweilt. Kommt jemand vorbei, den kennt er.

DER JUNGE. I can see you.

PASSANT. I can see you, too.

DER JUNGE. Well, see you later.

Wenig Gefallen an mir haben die Katzen der Nachbarschaft, die meinen frischen Rasen als Liegewiese gebrauchen. Nachdem wir kein Glück hatten mit Sachen aus der Drogerie, deren Duft sogar der Nase einer Katze missliebig sein sollte, sind nun an ihren Lieblingsplätzen alte Dornenranken ausgelegt.

– They don't like *that*: hat mir der alte Charles versichert, und tatsächlich bleiben sie aus oder gehen doch nur auf den Kronen der Gartenmauern an mir vorbei, vorwurfsvoller Miene. Ihre Fähigkeit in Sachen Gedächtnis haben sie mir also wieder einmal vorgeführt, aber es fehlt ihnen denn doch an der Intelligenz des Entschlusses, die Pieksdinger beiseitezuräumen. [17. August 1978]

II.

Da ziehe ich es vor, über die Katze zu sprechen. Ich gebrauche den bestimmten Artikel, obwohl sie in einem ganz anderen Haus ansässig ist, denn sie hat etwas mit mir vor. Anfangs kannte ich sie nur als ein vollschlankes Biest, in schwarzen und braunen Farben, das geschäftig oben auf den Gartenmauern entlanglief und in Miene wie Bewegung mitteilte: Ich kann mich zur Zeit um keinen Menschen kümmern, ich bin in Geschäften unterwegs. Dann begann sie sich um mich zu kümmern, mit Besuchen im Garten, bei denen sie mir bald zärtlich um die Beine strich. Es muss sich umhergesprochen haben, dass meine Ehrenmitgliedschaft beim Internationalen Katzenvertrag* längst hinausreicht über den Rang eines Abbé. Da sie nun ziemlich unbesorgt herankam an das Geklapper der elektrischen Gartenschere, hielt ich sie für taub, eines neuen Heims bedürftig, in dem man über körperliche Schwächen nachsichtig hinwegsieht. Zur Probe liess ich dann hinter ihrem Rücken einen randvoll mit feuchtem Gras gefüllten Plastiksack auf den Steinweg knallen. Sie machte einen Satz, und sah mich ernst an. Sie werden weiterhin sehen, dass sie im Besitz aller ihrer Sinne ist. Denn es steht doch einmal die Tür zum Garten offen, da wird man doch als Katze einmal nachsehen, was zu holen ist in diesem Haus. Sie stand schon auf meinem Bett, als ich sie sah. Ich öffnete ihr den Ausgang zur Strasse, bevor ich sie um einen Abschied bat. Wild sauste sie an mir vorbei zurück in den Keller, auf dem Weg ihrer Ankunft; sie hat also einen Sinn für den Ort. Ein anderes Mal stand sie auf dem Gestrebe der Schwenklampe über dem Küchentisch, gekrümmt vor Ratlosigkeit, rieb sich am Glas, ohne das als Fenster zu erkennen. Als ich ihr den unteren Teil hochgeschoben hatte, trat sie gezielt hinaus auf den Sims. Von da bis zum Pingpong-Tisch sind es wohl etwas mehr als zwei Meter Luftlinie, in den Augen einer Katze vielleicht zwölf. Da, Katze: dachte ich: hic salta. Da sie Gedachtes zu lesen vermag, auch lateinisches, sprang sie. Als ich am Fenster angelangt war, blickte sie vorwurfsvoll empor zu mir, als hätte ich ungerecht gehandelt an ihr, wie an einer Schülerin der zehnten Klasse, der man an der Wandtafel eine Aufgabe stellt, wie sie allenfalls einer Abiturientin zugemutet werden darf. Vielleicht sucht sie Unterkunft wegen einer Schwangerschaft. Die Verhandlungen dauern an. Es wird ein umständlicher Vertrag werden, ein undurchsichtiger. Denn wegen der britischen Quarantänebestimmungen für Haustiere kann sie ja schlecht mit mir auf Reisen gehen, zum Beispiel.

* Bei der ersten Begegnung mit Margret Boveri wußte Uwe Johnson »etwas ungemein Lügenhaftes zu erzählen« von einem Internationalen Katzenvertrag. Vgl. Uwe Johnson, *Nachwort* zu *Margret Boveri: Verzweigungen. Eine Biographie*, München 1977, S. 351. [Anm. d. Hg.]

Zum anderen, ihre Aufmerksamkeiten für mich könnten auf eine düstere Weise daraus gedeutet werden, dass ich seit Beginn ihrer Charme-Attacken nichts mehr gesehen habe von meiner Nachbarin zur linken, zur westlichen Hand. Das ist eine sehr alte Dame, nahe den Achtzigern wohl, und wenn ich sie auf ihren seltenen Einkaufswegen traf, haben wir einander wohl über das Nötigste verständigt, so über das kalte Wetter, den feuchten Wind, die heizende Sonne. Auch hat sie mir anvertraut, dass sie sich aus Sheerness wegsehne zurück nach London, trotz allem, was sie neuerdings so höre über jene Gegend. Aber Einladungen zum Tee wies sie ab, und ziemlich fassungslos liess sie mich in ihre Küche, als ich ihr einmal ein Päckchen auslieferte, das die Post mir anvertraut hatte. »A shy lady, but of the genteel type.« Nun mag ich nicht gehen und wegen ihres Ergehens klingeln. Dafür klingelt etwas anderes, nämlich eine Standuhr. Nur tut sie das leider zwischen den vollen und halben Stunden, statt genau zu ihnen, und, schlimmer, um elf Uhr abends höre ich an Stelle der erwarteten elf oder meinetwegen zehn Schläge sieben, und zur Mittagsstunde neun. Das sind angenommene Beispiele – noch habe ich nicht angefangen, mir die tatsächlichen aufzuschreiben. Denn solche Standuhren sind ja zum Aufziehen. Es ist da jemand, der kann eine Uhr aufziehen. Bedauerlicher Weise aber ist mir eingefallen, dass manche Modelle davon sehr lange Zeiten gehen, über vier Wochen hinaus. Was will die Katze mir sagen? Dass die alte Dame mir ihre Achtung erhalten wird, weil ich ihre »priwwessy« respektiere? Dass ich mein Gewissen beruhigen soll mit der Tatsache, dass die Dame wiederum Nachbarn hat? Wie viele Schalen Milch wird mich dies kosten?

Womöglich aber weiss die Katze von ihrer Kollegin aus der Südsee, die starr schreitend in ihrem Ebenholz* in meinem Wohnzimmer vor dem Paneel steht, den Kopf wild seitwärts gewandt, streng in einem fort unterwegs und auf der Stelle. Vielleicht ist hier eine Katze eifersüchtig auf die andere.

[5. Juni 1978]

* Die Plastik aus Ebenholz war ein Geschenk von Frau Boveri an Uwe Johnson. [Anm. d. Hg.]

III.

Für den 1. Mai drängt es mich anzumerken, dass er kaum so schlicht von der »internationalen Arbeiterklasse« erfunden wurde. Immerhin handelt es sich da um ein Kulturerbe, anverwandelt aus den Frühlingsriten für die jeweilige Göttin der Fruchtbarkeit in Indien, Ägypten und im Römischen Reich (Flora wurde da vom 28. April bis zum 3. Mai gefeiert). Was die Zweite Sozialistische Internationale da im Jahre 1889 verordnete, ging ja in vielen Ländern auf nationale Tradition zurück, in England wie in Deutschland auf den Maibaum, den eure Grossväter noch umtanzt haben mögen in festlichem Gewande, immer im Kreis herum mit Grossmüttern. Deswegen mangelt es dem »Tag der Arbeit« nämlich an einem ganz einheitlichen Termin: in Spanien feiern sie am 18. Juli, in Neuseeland am 22. Oktober, in Japan am 23. November und in den U.S.A. am ersten Montag im September; hier in England haben sie ihn diesmal auf den 5. Mai gelegt, einen Montag, da sonst ein überlanges Wochenende entstanden wäre.

Widernatürlicher Weise war das nun auch noch gleich ein Bank Holiday – die Geldinstitute beteiligten sich.

Und ich hätte ganz gern den Rasen gemäht. Aber meine Ehrfurcht vor der gewaltigen Stille in all den Hintergärten war zu erheblich.

Liebe Freunde, was unternimmt man gegen Katzen? Ihr kennt mich als einen Freund dieser Nation, hat doch eine ihre Liegestatt neben meinem Schreibtisch und passt die andere ungehindert alle Abende auf mich auf zwei Stockwerke höher. Aber die anderen! Laufen auf der Gartenmauer entlang und sagen nicht einmal Guten Tag. Das ginge ja noch. Auch dass sie in den Rasen kahle Stellen liegen, wo er nachmittags am wärmsten ist. Ich will es hinnehmen. Aber ich wüsste gern einen Rat, wie man ihnen es verleiden kann, ausgerechnet meinen Garten zu benutzen als eine Bedürfnisanstalt, denn angesichts der Anzahl meiner Anlässe zu klagen müssen sämtliche Katzen der Nachbarschaft dazu sich verabredet haben. Was soll ich bloss anstellen!

[8. Mai 1980]

[Manchmal gelingt etwas]

Da bei euch das Regnen mittlerweile die Flüsse zum Überlaufen bringt – es steht gedruckt in der Zeitung –, wird euch gewiss die Mitteilung erregen, dass an dieser Küste für einen Tag der Sommer zu Besuch war. Der Horizont des Wassers war fest zugehängt, und der locker mit Badegästen, Liegestühlen und Windschützern belegene (möblierte) Strand, tief unter der Promenade, bot für einen Nachmittag den Anblick einer Erinnerung, einer unerreichbaren freilich.
Die Tagestouristen aus London am anderen Morgen, die sich verlassen hatten auf ein Hörensagen hiervon, sassen unbehaglich unter feuchten Wolken, und die Einheimischen hatten dem Zwischenfall gleich misstraut. Immer noch halten sie ihre Haustüren fest geschlossen, statt sie wie in früheren Sommern zu ersetzen durch die Markisenvorhänge, die den Wind zur Kühlung ins Innere laden und die Fliegen in der Hitze verdunsten lassen sollen. [...]
Manchmal gelingt etwas. So habe ich einen Maurer gefunden, der tatsächlich interessiert war, für Geld meine Gartenmauer zu verputzen, offensichtlich haltbar obendrein, und in bebendem Hoffen gedenke ich seines Versprechens, den von ihm dabei hergestellten Schutt auch abzuholen (das Geld ist noch in meiner Tasche). Die Dame im Kurzwarengeschäft, die mir einen Reissverschluss verkaufte, war »mit Freuden« bereit, mir den auch in die (leere) Hose einnähen zu lassen (für Feministen: der Artikel kostete 38, die Arbeit 65 Pennies); das aber ist für einen Laden an der Hauptstrasse eindeutig zu kundenfreundlich, der wird demnächst geschlossen und umgebaut in eine Halle zum Selberbedienen an Materialien zur Ausschmückung von Wänden. Und der Geschäftsführer der hiesigen Variante von Feinkosthandlung grient regelmässig, wenn er mir meine Rollmöpse aus dem Zwiebelwasser angelt mit seinem Dreizacke (wobei er auf englisch an den Plural eines Geschöpfes namens mop denkt, der eben irgend wie gerollt ist: roll the mops), denn er selber würde dergleichen nicht über die Lippen oder geradezu die Kehle hinunterbringen, diese Ausländer, eben, haben alle einen klei-

nen Hieb, nich?; aber wenn er sie mir überreicht, nimmt er ein fürsorgliches Wesen an, denn schliesslich ist er es, der sie mir besorgt in seinem volkswirtschaftlichen Verstande. Seine Gehilfin nun wieder hat sich gewundert, dass jemand so regelmässig westfälisches Graubrot kauft, zum Genusse doch wohl offenbar, bis sie mir etwas entgeistert mitteilte, sie habe es nun selber versucht in ihrer Neugier, und es habe ihr vorzüglich gemundet!! (Da seht ihr mal, was eine briefliche Erkundigung bei einem Bruder in der British Army of the Rhine and Westfalia bewirken kann.) Oder der fremdländische Kunde geht mit suchendem Gehabe umher in der Drogerie, weil die Waren umgebaut sind; unverzüglich weist das Kassenfräulein ihm sein Gewünschtes – I remembered you buy it: sagt sie, die Unsterblichkeit für einen Monat verkündend. Und wie heisst es in der Imbiss-Stube zum Abschied, wenn einer dort regelmässig genug verkehrt, immer das selbe verzehrend? – Thank you, my dear! ruft die Köchin.

Wie wir aber gelernt haben an unserer Art von Oberschule, damit wir das Abitur kriegen und eine Aussicht ins Leben, sind dies Ereignisse lediglich auf der Zirkulationsebene. [29. Juli 1980]

[»Wendy«]

Es misslingt mir (demnach) immer von neuem, sonst ganz verständige Personen davon zu überzeugen, es verlohne sich kaum, von meiner Anwesenheit in der Welt irgend ein Aufhebens zu machen. Vor etwa zehn Jahren bin ich in eine Akademie eingetreten, und einer meiner ersten Anträge lief darauf hinaus, die bisher obligaten Geburtstagsglückwünsche bis zum 65. Jahrestag zu streichen, etwa aus Sparsamkeit; seitdem bekomme ich jedes Jahr einmal pünktlich ein eigenhändig unterzeichnetes Schreiben vom Präsidenten dieser Akademie. So geht das mit der Spur von meinen Erdentagen.
Auch anderes ist vergänglich. Ein junger Mann, Taxifahrer und manchmal Barmann zur Aushilfe, unterhält mit mir schon lange einen gesprächsweisen Umgang über das Wetter, die Kommunalsteuern, den Strassenzustand, und weil wir uns zumindest über diese drei Dinge einig sind, lassen wir bei der Begrüssung die Tageszeit einfach weg, so dass Sie sich einen verschluckten Laut vor der Anrede »John« oder »Charles« denken können. Aber niemals erwähnt dieser Mensch eine »Wendy«, und die Damen, mit denen er sich sehen lässt, heissen sämtlich anders. Wie werde ich denn nun fragen nach seiner Wendy, die er sich ziemlich unauslöschlich in seinen Unterarm hat tätowieren lassen – da hat einmal eine Ewigkeit bestehen sollen, die dann doch abgeschafft werden konnte, das sieht man doch.

[20. Juli 1979]

[Einer meiner Freunde in Sheerness]

Da Sie einen Sohn bei der Marine haben, füge ich an, was mittlerweile einem meiner Freunde in Sheerness geschehen ist. Von Beruf Purser in der Handelsschiffahrt, seit dreizehn Jahren für ein und die selbe Reederei tätig, hat er ganz unverhofft seine Entlassung erfahren, wegen »incompetence«. So seine Mitteilung, aber von nahestehenden Leuten hört man ja ungern, sie seien in ihrem Fache untüchtig und schlecht fähig, weswegen ich mich bei Eingeweihten umtat und erfuhr, es sei wohl eher seine Grosszügigkeit gewesen, so wenn er den für eine Besatzung aus Hongkong-Chinesen niedriger angesetzten Etat aufstockte bis zu dem für europäische Matrosen üblichen Satz und folglich, wie zu erwarten, wegen Überschreitens des Ausgaben-Voranschlags eine Verwarnung bekam, und noch eine, wenn auch nicht die dritte, die seinem Kontrakt entsprechend seinen Rausschmiss hätte nach sich ziehen dürfen. Dieser Hintergrund aber sei aufgebaut hinter einem anderen, in dem Reedereien die Kosten eines Purser-Gehalts lieber einsparen möchten und seine Arbeit ersetzen durch Ausstattung der Schiffe mit Münz-Automaten, denen die Angehörigen der Besatzung vorgekochte Gerichte, in Schnellöfen aufzuwärmen, selber entnehmen können, ganz ohne Auswahl, Vorsorge und Dienste eines Menschen, der gerade dies gelernt hat und nun in Sheerness auf dem Trockenen sitzt, mit fünfundvierzig Jahren ohne viel Aussichten auf Verdienst inmitten von drei Millionen Arbeitslosen. Zwar gibt es noch eine Beratung durch seine Gewerkschaft, im guten Ausgang eine Verhandlung vor dem Arbeitsgericht, aber es sind eben die Wünsche und Pläne der Reederei zu deutlich bekannt, weswegen er das übliche Abstandsgeld und gar seine Pension ungetrost in den Schornstein schreiben könnte, den zu erwerben die Art seines Berufes ihn allerdings gehindert hat. Wegen incompetence, christlicher Schiffahrt. Der Betroffene, ehedem redelustig und zum Mitlachen bereit, geht trübe umher, und von seinem Stolz scheint gerade noch übrig, dass ihm das so genannte gute und tatsächlich blöde Zureden zuwider ist, versuche das wer wolle.

[5. Juli 1982]

Die alte Leichenhalle im Hof der Bezirksverwaltung an der Trinity Road, seit 1948 als Röhrenlager benutzt, musste abermals vernagelt werden. Den Arbeitern der Verwaltung fiel auf, dass der Briefkasten von der Tür gerissen war. Drinnen fanden sie ein Doppelstockbett, hergerichtet mit Sachen von dem Abfallhaufen der Müllkippe draussen, zwei Stühle und einen Lampenschirm derselben Herkunft. An der einstigen Stelle der Steinplatte standen ein Kessel und ein Tablett. Eine Ausrüstung für erste Hilfe und ein Radio stammten aus einem Lastwagen auf dem Hof. An der Wand war das Bild eines vielgeliebten Musikers (Pop) befestigt.

Wer ein Haus in einer amtlich geschützten Gegend abreisst, kann sich gefasst machen auf eine Strafe von £ 250 oder Einsperrung bis zu drei Monaten, bei einer Verurteilung auf eine Haftstrafe bis zu einem Jahr.

Am 6. Dezember 1974 wurde Brian Barnard bei Arbeiten am Transformer für den neuen elektrischen Schmelzofen von Sheerness Steel (dem »B«-Ofen) getötet, wahrscheinlich durch Strom. Er hinterlässt in der Jefferson Road eine Witwe, ein Kind. Für seine Freunde war er Barney. Obwohl er für die Firma erst seit etwas mehr als zwei Jahren gearbeitet hatte, wurde die Arbeit in der Fabrik für vierundzwanzig Stunden eingestellt – »als ein Zeichen von Rücksicht nach dem Tode eines Angestellten«.

Fred Soper, 88 Jahre alt, ist der Oberportier im Victoria-Club und -Institut der Arbeitenden Männer. Fast an jedem Abend tut er Dienst in seinem Loch und lässt selbst den Vorsitzenden oder Angehörigen des Komitees erst eintreten, wenn sie ihm ihre Mitgliedskarte präsentieren. Seit zwanzig Jahren ist kein Gast davongekommen ohne Unterschrift im Besucherbuch oder Vorzeigen der Karte eines angegliederten Klubs. Er versteht nicht, dass die Leute ihn für schwierig ansehen, er hält sich doch bloss an die Regeln. Immerhin ist er 44 Jahre Mitglied, auf der Insel geboren und aufgewachsen, hat er von 1908 bis zu seiner Pensionierung 1952 auf der Werft gearbeitet, als U-Boot-Elektriker, und wurde mit der Imperial Service-Medaille belohnt. Auch war er 24 Jahre bei der Ambulanzbrigade von St. John. Für den Dienst im Club gibt er ganze 28 Stunden in der Woche her. Das macht die Abende einsam für seine Frau. Er denkt das auszugleichen durch Hausarbeiten und Einkaufen.

[29. November 1974]

Die Brüder waren »Kasernenratten«, nämlich in den Kasernen von Chatham geboren und aufgezogen. Als sie zur Armee gingen, zogen die Eltern mit den Schwestern nach Sheerness. Bei Besuchen wurde die Kirche nicht ausgelassen.
An seiner Schüchternheit sollen sie nicht viel geändert haben. Die Aufmerksamkeit, die sie anzogen, war ihm lästig. Er wünschte zurückgezogen zu leben und hatte ein Buch über seine Dienstzeit geplant. In der Air Force zwei Tage vor seinem Tod abgeschlossen.
Die modische Art Held war er nicht. Er passte nicht zu den übrigen Kampffliegern, wegen der bescheidenen Herkunft, seiner Anfänge als kleiner Trompeter, und das in der Armee. Die Offiziere hielten ihn unten, als Bordmechaniker und Schützen; seine wiederholten Bewerbungen um Verwendung als Flugzeugführer lehnten sie ab. Erst 1916 sass er am Knüppel zweisitziger Aufklärer, erst allmählich erwarb er sich die Achtung seiner Kollegen. Er hatte einen Ordnungsfimmel, keine Kleinigkeit liess er aus. Den Krieg soll er als eine unpersönliche Sache aufgefasst haben, mit Respekt für den Gegner. Es ging ihm nicht um das Töten. Er verstand sich als einen bezahlten Berufssoldaten, der einfach seine Arbeit tut. Dabei machte er seinen Frieden mit dem eigenen Tod und kam zu der Folgerung, kein Flieger komme umhin, die Sache fatalistisch anzusehen. Für den Dezember 1917 wurden ihm 14 deutsche Abschüsse (von insgesamt 18) zugeschrieben. Inzwischen flog er die hochentwickelten S.E.5-Maschinen, schneller als die feindlichen Rumpler und die Aufklärer vom D.F.W. Er soll den Gegner erbarmungslos gejagt haben. Als er im März 1918 auf Urlaub nach Hause geschickt wurde, hatte er 57 Abschüsse aufzuweisen. Einen Monat später, am 2. April, zwei Tage nach der Bildung der R.A.F.
wurde ihm das Victoria Cross verliehen.
Croix de Guerre
American Medal
Military Medal

Military Cross and Bar
Distinguished Service Order and Bar
Jimmys Auszeichnungen zur Zeit seines Todes.
Er starb fern von jedem Feind, auf einem französischen Flugfeld.
Beim Start starb der Motor ab, er starb in den Trümmern der Maschine.

[1. Februar 1975]

Eberhard Fahlke
Auf der Suche nach »Inselgeschichten«

Auf der Isle of Sheppey direkt am Meer, »vom Festland getrennt durch den SWALE und MEDWAY, belagert von der THEMSE (THAMES)«[1], verbrachte Uwe Johnson die letzten zehn Jahre seines Lebens in Sheerness-on-Sea, im eigenen Haus an der Marine Parade. Vor dem Fenster die Mündung der Themse, wo sie zur Nordsee wird. Für die Engländer: The German Ocean. Sheerness wurde zwar nicht von dem umtriebigen Tagebuchschreiber Samuel Pepys gegründet, doch nach Plänen des Sekretärs der Admiralität im Seekrieg gegen die Holländer 1667/68 zur Marine-Festung ausgebaut. Dort, knapp fünfzig Meilen vor London, mußte gegen Ende des 18. Jahrhunderts wieder ein Großteil der britischen Flotte stationiert werden, um die Insel und die strategisch wichtigen Mündungen der Themse und des Medway erneut gegen die Holländer zu schützen. In Sheerness, 149 High Street, hatte einst Lord Nelson sein Domizil, als er zu Beginn des 19. Jahrhunderts noch regelmäßig Lady Hamilton im Church House des benachbarten Queensborough seine Aufwartung machte.

Generationen lebten in Sheerness vor allem von der Marine. In den fünfziger Jahren dieses Jahrhunderts wurde das Militär aus der Garnison abgezogen. Die Folge war eine tiefgreifende wirtschaftliche Rezession, von der sich die Gegend bis heute kaum erholt hat. In die Abgeschiedenheit der erst seit 1960 durch die Kingsferry Bridge mit den anderen Teilen der Grafschaft Kent verbundenen Insel übersiedelte Uwe Johnson im Herbst 1974 gemeinsam mit seiner Frau Elisabeth und der Tochter Katharina. Mit dem Umzug war nichts Programmatisches verbunden, er war kein Aufbruch ins Exil. Die

1 So beschrieb Uwe Johnson die Lage der Insel in seinem letzten Lebenslauf. Anfang 1984 geschrieben, war er für eine von der Deutschen Schule in London mit dem Autor geplante Veranstaltung gedacht.

Ansicht des »Broadway« zur Jahrhundertwende.
Aus der Postkartensammlung Uwe Johnsons.

Wahl des neuen Wohnorts – nicht an der für ihn »unerschwinglichen« Ostsee, sondern an einer anderen »weitläufigen Wasserfläche« – hatte private Gründe. Uwe Johnson hoffte in einem geräumigen Haus mit Blick aufs offene Meer, fern von der Betriebsamkeit Berlins, jene Gelassenheit, Konzentration und Geduld wiederzufinden, die für sein faktengetreues, ironisch hintergründiges Erzählen unerläßlich waren. Von dem Willen getrieben, den längst angekündigten vierten Band der *Jahrestage. Aus dem Leben von Gesine Cresspahl* fertigzustellen, versprach sich Uwe Johnson aufgrund des Ortswechsels darüber hinaus, neue Schreibanlässe zu finden. In Westberlin, wo er seit seiner Übersiedlung aus der DDR (1959) gelebt hatte, war die Arbeit an der vierten »Lieferung« ins Stocken geraten. Sein in der Metropole New York verankertes Erzählen von »Jahrestagen« deutsch-deutscher Geschichte aus der mecklenburgischen Provinz hatte sich in der geteilten Stadt offenbar erschöpft. Allein der mit vielen unterschiedlichen Schreiborten vertraute Freund Max Frisch und dessen Frau Marianne ermöglichten es der Familie Johnson, das Haus in der Marine Parade zu kaufen;

Ansicht der »High-Street« zur Jahrhundertwende.
Aus der Postkartensammlung Uwe Johnsons.

denn Mietwohnungen waren in England nicht wie anderswo üblich zu haben. Warum aber gerade ein Haus an der nordöstlichen Küste der Grafschaft Kent? »Sheerness, nicht ganz 14 000 Einwohner, Einkaufsladen für die Insel Sheppey und gesundheitlich abhängig von einem Stahlwerk, Flutgefahr, einem kranken Glasbetrieb und einem gesunkenen Schiff voll nicht bergbarer Bomben zweihundert Meter vom Ufer – wie das werden soll mit uns, wir haben nicht mal Pläne«[2], schrieb Uwe Johnson kurz nach dem Umzug an Friedrich Schult in Güstrow, den ersten Nachlaßverwalter und Freund Ernst Barlachs. (Diesen kannte Uwe Johnson seit seiner Schulzeit.) Warum ein Haus in Sheerness-on-Sea? Hatte er nicht auch in anderen Gegenden Großbritanniens nach einem Domizil Ausschau gehalten? Die Stadt wurde 1914 als erster Ort Englands von der deutschen Luftwaffe bombardiert; während des Zweiten Weltkrieges lag Sheerness genau in der Einflugschneise der Nazibomber auf dem Weg nach London. Der Flugplatz der Insel, Eastchurch, wurde

2 Aus einem Brief an Erika und Friedrich Schult vom 10. Januar 1975.

Ansicht der »Esplanade« zur Jahrhundertwende.
Aus der Postkartensammlung Uwe Johnsons.

1940 schwer getroffen. Das wußte Uwe Johnson von Anfang an. Der Erinnerung an solche Vergehen, verübt von Angehörigen seiner Nation, hatte der deutsche Gast auf der Insel Rechnung zu tragen. Gast aber war er gern auf der Isle of Sheppey. (vgl. *Ach! Sie sind ein Deutscher?*) Hier fühlte er sich aufgenommen, akzeptiert und in Ruhe gelassen. Dies belegen diese Geschichten, vor allem die Episoden aus der alltäglichen Nachbarschaft des Schriftstellers. Zudem stieß er in Sheerness auf eine »lokale Eigenart«, die ihm eine Art déjà-vu-Erlebnis ins Bewußtsein geraten ließ: »Ihr kennt Sheerness nicht im Sommer und so erwähne ich eine lokale Eigenart, die ich noch nirgends gesehen habe und die mir ungemein bekannt vorkommt«, schrieb Uwe Johnson an langjährig Vertraute in Niedersachsen: »Wenn es heiss ist, lassen viele Leute die Tür offen und verhängen die Öffnungen mit einem Tuch, dessen Muster in der Regel erinnert an Markisen oder die Streifen alter Liegestühle. Ich denke bei solchem Anblick unwillkürlich: Warnemünde, und gleich danach: das kann doch nicht sein.«[3] Das Eingedenken an jenen Ort,

3 Aus einem Brief an Antonia und Felix Landgraf vom 6. Juli 1977.

Ansicht der »High-Street« zur Jahrhundertwende.
Aus der Postkartensammlung Uwe Johnsons.

an dem die Warnow in die Ostsee mündet, beschwor zugleich die Erinnerung an Rostock herauf. In der Universität der Hansestadt verbrachte der noch in der DDR diplomierte Germanist auch einige Zeit als »Gaststudent« bei den Anglisten. Dort verstärkte sich seine Vorliebe für die englische Sprache, die er sich seit der Schulzeit in Güstrow bewahrt hatte.

Gleichwohl bleibt es rätselhaft, warum gerade diese britische Kleinstadt mit ihren heute etwa 18 000 Einwohnern und einer überproportional hohen Arbeitslosenquote als neue und – wie sich herausstellen sollte – letzte Wohnstätte gewählt wurde. Beherrscht wird die Gegend von den Verhüttungsanlagen und Schloten der »Sheerness Steel Company«, dem einzig bedeutenden Arbeitgeber der Insel, und den weitläufigen, vor allem dem Fährverkehr dienenden Hafenanlagen. Allein die Schiffsverbindung zum Kontinent war Uwe Johnson hier immer vor Augen. Ansichtskarten mit dem Bild der »Continental Ferry« verschickte er mit Vorliebe an Freunde und Bekannte. »An dem Mittwoch, an dem hier Sommer war«, schrieb er dem Herausgeber einmal in den bewölkten Himmel einer Ansichtskarte mit der Fähre. »Es hat sich bloss das Zuhause geändert, was mich angeht; in Deutschland bin ich doch alle sieben Wochen und sicherlich bald wieder in Ihrer Nähe.«[4] Mit diesem Satz pflegte er seinen Umzug auf die britische Insel wohl mehr zur eigenen als zur Beruhigung anderer zu kommentieren.

Als die Familie Johnson das Haus in der Marine Parade 26 kaufte, konnte man noch aus allen Fenstern der Vorderfront aufs offene Meer sehen. Doch der Blick auf die Nordsee wurde bald schon durch einen Betonwall zur Küstensicherung versperrt. »Sheerness hatte im Januar eine Sturmflut, und in den Booten, die sie nicht in Stücke schlug, fuhren die Bewohner der tiefer liegenden Stadtgebiete einander Rettung zu und auch die Milch. Unsere Gegend, obwohl weniger gefährdet, ist nun zusätzlich geschützt worden durch einen fast zwei Fuss hohen Schuh für das Geländer der Promenade. Du würdest also vom Gästezimmer aus die See nicht mehr sehen, und ich müsste Dich ein Stockwerk höher bitten«, teilte Uwe Johnson seiner amerikanischen Verlegerin Helen Wolff im Frühjahr 1978 mit. Nicht aus Sheerness-on-Sea, sondern aus »Sheerness (Shivering-by-the-Sea)«[5] schickte er ihr diesen Brief. Die »vor der See erzitternde« Stadt scheint überhaupt in bemerkenswerter Weise Katastrophen anzuziehen. Knapp ein Jahr zuvor hatte Uwe Johnson an Helen Wolff geschrieben: »Zurückgekehrt nach Sheerness, haben wir nun eine Neuigkeit: am Dienstagnachmittag haben Hochwasser und Nordwind einen fünf Meilen langen Fleck von Bunkeröl an die Küste der Insel getrieben, zwei- bis dreihundert Tonnen, und seit dem sind sie unablässig zugange mit Bagger-, Sprühmaschinen, Lastwagen, Spaten. Sheerness ist in den national news! Die Saison ist ruiniert, und ›uns Steuerzahler‹ wird es eine hübsche Stange Geld kosten.«[6] Eine Umweltkatastrophe hatte ›seinen‹ Ort in die überregionalen Schlagzeilen geraten lassen; zumindest als Steuerbürger fühlte sich dieser Briefschreiber eingemeindet und zur Kasse gebe-

4 Aus dem bereits zitierten Brief an Erika und Friedrich Schult vom 10. Januar 1975.
5 Aus einem Brief an Helen Wolff vom 16. März 1978.
6 Aus einem Brief an Helen Wolff vom 21. Mai 1977.

ten. Bei aller Ironie erfüllte ihn die Erwähnung von Sheerness in den »national news« ganz wie einen Alteingesessenen auch mit Stolz. Der Ort hatte an Bedeutung gewonnen, es gab etwas zu erzählen.

Indes stagnierte auch in dem von Uwe Johnson besonders geschätzten Sprachraum die Arbeit am vierten Band der *Jahrestage*. Fast zehn Jahre sollten vergehen, bevor die letzte »Lieferung« erscheinen konnte. Grund dafür war eine schwere persönliche Krise, als deren Folge eine »Beschädigung der Herzkranzgefäße« sowie eine langandauernde Schreibhemmung auftraten. Frau und Tochter verließen im Sommer 1978 das gemeinsame Haus, blieben aber weiterhin in der Nähe, in der Union Street, wohnen. Mit dem Niederschreiben der *Frankfurter Vorlesungen* im Jahre 1979 gelang es Uwe Johnson, diese von ihm selbst als »writer's block« diagnostizierte Hemmung zu überwinden. Er konnte die tägliche Arbeit am vierten Band der *Jahrestage* wieder aufnehmen und sie allen widrigen »Begleitumständen« zum Trotz vollenden. »Wenn einem daran liegt, wird er am Ende versuchen, sich im Alter von 44 Jahren das ›Schreiben‹ wieder beizubringen, mit zwei Zeilen am Tag, fünf Zeilen in der Woche, aber nach drei Monaten erst fünfzehn Seiten«[7], lautete Uwe Johnsons lakonisches Resümee.

Resultate seiner erneuten Schreibversuche sind unter anderem die in diesem Band versammelten *Inselgeschichten*. Über die »Aussicht«, Geschichten aus der Grafschaft Kent aufzuschreiben, hatte Uwe Johnson schon 1979 im Rahmen des Begleitseminars zu den *Frankfurter Vorlesungen* gesprochen. Materialien für dieses Projekt sammelte er in Sheerness-on-Sea vom ersten Tag an. Wie jeder richtige Sammler geriet auch Uwe Johnson in den Bann des Sammelns. Davon zeugen nicht zuletzt die Bücherborde mit den etwa dreihundert Titeln zur Geschichte, zur Soziologie und zum Leben der Grafschaft Kent. *Kentish Sources (Crime and Punishment, The Poor)*, *Kentish Patchwork*, *The History of the Isle of Sheppey;* wie immer die Titel

7 Uwe Johnson, *Begleitumstände. Frankfurter Vorlesungen*, Frankfurt am Main 1980, S. 453.

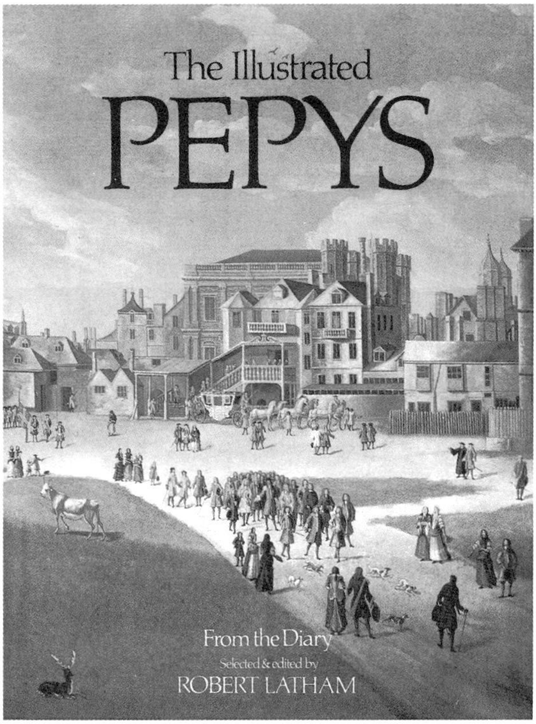

Auf der Suche nach historischem »Unterfutter« für das Erzählen. *The Illustrated Pepys* aus der Bibliothek Uwe Johnsons.

sonst noch lauten, sie standen am Anfang einer Bibliothek von Quellen und Nachschlagewerken, »historisches Unterfutter« für sein Erzählen, wie es etwa zu Mecklenburg, Berlin oder New York längst vorhanden war. Diese Sammlung sollte Fakten bereitstellen, den *Inselgeschichten* zur genauen Atmosphäre verhelfen, vor allem Schreibimpulse liefern und die Phantasie beflügeln. Sammeln, schreibt die New Yorker Autorin Susan Sontag, bedeute Dinge, wertvolle Dinge, vor der Vernachlässigung zu retten, vor der Vergessenheit zu bewahren oder einfach nur vor dem schändlichen Schicksal, sich in der Sammlung eines anderen statt in der eigenen zu befinden.[8] Mit Lord Nelson und Lady Hamilton – auch mit der Isle

8 Vgl. Susan Sontag, *Der Liebhaber des Vulkans,* München/Wien 1993, S. 37.

Fakten und ein nautisches Glossar für weitere *Inselgeschichten*? *Nelson's War* aus der Bibliothek Uwe Johnsons.

of Sheppey – ist Susan Sontag seit der Arbeit an ihrem Roman *The Vulcano Lover. A Romance* (1992) wohl vertraut. Der leidenschaftliche Sammler von Vulkangestein und Kunstkenner von Reputation Sir William Hamilton, britischer Gesandter in Neapel am Fuße des Vesuvs, vervollständigt jenes längst legendäre Dreigestirn, das seine skandalöse Liebesgeschichte vergeblich geheimzuhalten sucht. Behutsam nähert sich Susan Sontag ihrem Erzählstoff, indem sie von Sir William zu berichten weiß, daß er, obwohl mit Lady Hamilton verheiratet, wie so viele besessene Sammler ein geborener Junggeselle sei. Es ist ein pittoresker Erzählstoff, dessen Fäden sich bis hinein in die Grafschaft Kent verspinnen lassen.

Die Nagelprobe für sein erzählerisches Vorhaben, gab Uwe Johnson während des Begleitseminars zu den *Frankfurter Vorlesungen* zu bedenken, sei erst erbracht, wenn etwa ein Dutzend seiner in der Grafschaft Kent gesammelten Geschichten gedruckt vorlägen. Daß er dabei in ein Dilemma geraten könnte, war ihm von Anfang an bewußt. Schon während des Seminars in Frankfurt erzählte er, daß die Leute von Sheppey ihm Geschichten anvertrauten und ihn, den Gast, an ihren Geheimnissen teilhaben ließen. Wollte er das alles zu Papier bringen, könnte es leicht auf einen Bruch der Gastfreundschaft hinauslaufen. Auf die Frage der Studierenden, wie es sich denn für ihn und sein Schreiben auswirke, im Ausland zu leben, antwortete Uwe Johnson wie so oft mit einem Zitat. Zwei Lyrik-Zeilen von Carl Zuckmayer kenne er und denen stimme er zu: »Die fremde Sprache ist ein Scheidewasser. / Sie ätzt hinweg, was überschüssig rankt.«[9] Tatsächlich sei, so Uwe Johnson weiter, das Leben in einer fremden Sprachumgebung eine unablässige Korrektur. Es sei eine Anleitung dazu, sehr viel genauer im Vergleich mit der Fremdsprache festzustellen, was man im Deutschen an Worten benutzt, um einen Eindruck zu formulieren. Viele Untugenden habe er sich abgewöhnt; so sei er vorsichtiger geworden beim Gebrauch der Adjektive und habe neue Möglichkeiten gefunden, das Verb zu »vermehren«. Eine Gefahr, den Kontakt zur deutschen Sprache durch das Leben im Ausland zu verlieren, sehe er heutzutage nicht mehr. England liege eine Stunde mit dem Flugzeug von Frankfurt entfernt. Nichts von Bedeutung könne ihm entgehen, wenn er die *Frankfurter Rundschau,* den *Spiegel* und die *Zeit* gewohnheitsgemäß lese. Die Beschäftigung mit dem Englischen könne überdies kaum überhand nehmen, da er von morgens bis abends mit einer deutschsprachigen Arbeit beschäftigt sei. Er lebe auf der deutschen Seite der Sprache, nicht auf der englischen. Die zwei Stunden am Tage, an denen er mit anderen Leuten rede, fielen nicht groß ins Gewicht. Allerdings habe sein Leben im Ausland die Gestik verändert. Wenn er jetzt in ein

9 Carl Zuckmayer, *Kleine Sprüche aus der Sprachverbannung,* in: Carl Zuckmayer, *Werkausgabe, Bd. III, Gedichte,* Frankfurt am Main 1976, S. 113. Das Gedicht wurde Thomas Mann zu seinem siebzigsten Geburtstag am 6. Juni 1945 gewidmet.

Restaurant oder in ein Kaufhaus gehe, ertappe er sich dabei, zu fast jeder Diensthandlung oder Bedienung zu sagen: Vielen Dank, vielen Dank, vielen Dank. Das sei eine englische Sitte, eine liebenswürdige, ernstgemeinte Gewohnheit, keineswegs eine leere Floskel (vgl. *Seien Sie vielmals bedankt*). Als er einmal versucht habe, diese Sitte in Frankfurt am Main zu benutzen, sei dies nicht einmal wahrgenommen worden.[10]

Allein vier der *Inselgeschichten* wurden zu Lebzeiten des Autors veröffentlicht. Ausdrücklich verweist Uwe Johnson gleich im ersten Satz einer dieser Erzählungen (vgl. *Ein Vorbild*) auf die Lizenz, die er von dem Betroffenen erhalten habe, dessen Geschichte zu verwenden. Alle bereits publizierten Prosastücke wurden vom Herausgeber anhand der Typoskripte durchgesehen und, falls erforderlich, korrigiert. Orthographische Eigenheiten – vor allem die Gewohnheit, alle »ß« als »ss« zu schreiben – wurden beibehalten, offensichtliche Druck- oder Schreibfehler stillschweigend korrigiert. Ihre Keimzelle hatten alle vier Geschichten in einem Brief oder einer Briefstelle, die länger (bis zu sechs Jahren) zurückliegen konnte. Sofern einige Passagen wesentlich von der später erzählten Geschichte abwichen, wurden die korrespondierenden Briefstellen ebenfalls aufgenommen. Kleinere Wiederholungen waren dadurch unvermeidbar.

Die erste Geschichte, in der Uwe Johnson von der Ankunft eines Fremden auf der Insel erzählt, wurde nicht auf der Isle of Sheppey geschrieben. *Ach! Sie sind ein Deutscher?* entstand, wie der handschriftlichen Notiz »311277nrü« auf dem Typoskript zu entnehmen ist, zu Sylvester 1977 in Neustadt am Rübenberge. Dort im Niedersächsischen verbrachte Uwe Johnson bei einer befreundeten Familie die Zeit des Jahreswechsels. In der gastfreundlichen Umgebung

10 Uwe Johnsons Äußerungen wurden hier anhand von Aufzeichnungen zusammengefaßt, die sich der Herausgeber während des Begleitseminars zu den *Frankfurter Vorlesungen* am 14. Mai 1979 notiert hatte.

hatte er nach seinem »writer's block« wieder zu schreiben begonnen. Diesmal war eine Bitte des deutschsprachigen Lektorats der Universität Ibadan in Nigeria zu erfüllen. Für afrikanische Studenten wurde ein »schlichter« Text aus seiner Feder erbeten. Neugierig sei er, schrieb Uwe Johnson nach Afrika, ob der »Versuch« einfach genug sei und seinen Zweck erfülle. »Wie Sie sehen, habe ich die Zeitform des Futurum als bekannt vorausgesetzt, und das Adverb auch. Immerhin habe ich mir die Nebensätze verkniffen, wo es ging, allerdings mit dem Zweifel, es könnten die durch die Parataxe verdrängten Schwierigkeiten im semantischen Bereich um so stärker auftreten. Dann werden Sie wohl auch noch klagen über den geographischen Hintergrund des Textes, und ich muss Ihnen, wie auch auf andere Vorwürfe, damit antworten, dass es nicht anders ging. Denn wenn Sie etwas in ›einfacher‹ Sprache wünschten, musste es selbst einfach sein, und dies war mir als einziges gegenwärtig.«[11]

Abgedruckt wurde der Text *Ach! Sie sind ein Deutscher?* von der *Süddeutschen Zeitung* und von der *Zeit*[12], bevor Uwe Johnson die Rechte an den Residenz-Verlag in Salzburg, für dessen Anthologie *Deutschland, Deutschland. 49 Autoren der BRD und der DDR schreiben über ihr Land* übertrug. Zwei Jahre später bahnten sich mit einem Brief Siegfried Unselds deshalb Schwierigkeiten an. Der Verlag hatte in Boston eine Niederlassung »Suhrkamp/Insel Publishers Boston Inc.« gegründet und wollte im Dezember 1980 das neue Unternehmen beim alljährlichen Treffen der Modern Languages Association mit einer Anthologie propagieren. Das Treffen, zu dem 5000 amerikanische Lehrer erwartet wurden, sollte als Auftakt einer Werbeaktion unter dem Stichwort »Suhrkamp and Insel books are now available in the USA« dienen. Die Texte sollten nicht nur leicht und spannend, sondern auch für einen amerikanischen

11 Aus einem Brief an Sonja Hoy und Alison Pask, Department of Modern Languages, University of Ibadan, Nigeria.

12 Vgl. Uwe Johnson: *Ach! Sie sind ein Deutscher?*, in: *Süddeutsche Zeitung* vom 27./28. Januar 1978 sowie in: *Die Zeit* vom 3. Februar 1978.

Leser unterhaltsam zu lesen sein. Mit der Bitte, ihm einen für diesen Zweck geeigneten Text vorzuschlagen, wandte sich Siegfried Unseld im Mai 1980 an seinen Autor. Uwe Johnson schickte ihm jenen für die Universität Ibadan bewußt »schlicht« gehaltenen Text und schrieb: »Des ›spannenden‹ Elements, wie unter 1 (b) vorgeschrieben, mag er ein wenig entraten; vielleicht kannst Du ihn ansehen für ›unterhaltsam‹, wie in Deiner Bestellung unter 1 (c) angegeben. Denn er befasst sich mit einer Dame und einem Herrn, er hat ein betrübendes Ende und kann zur Not szenisch aufgeführt werden. Zu seinen Gunsten zählt mit Glück noch, dass er sich ein wenig passend verhält zu dem autobiographischen Resumé, das ich zweitens nach Deiner Anleitung geschrieben habe. Bitte, wolle aus den ebenfalls beiliegenden Blättern ersehen, dass ich in nur 27 Zeilen den *Amerikanischen* Sektor von Berlin, die *U.S.A.*, *New York City* und das Buch zu *New York City* untergebracht habe, des weiteren die Rundfunkstation der *New York Times,* WQXR, und die von mir bevorzugte Untergrundbahn dieser Stadt, die *I.R.T. subway, I*nterborough *R*apid *T*ransit.«[13]

Kaum war die Anthologie erschienen, da wollte ein Hochschullehrer Uwe Johnsons Text bereits in ein amerikanisches Schullehrbuch übernehmen. Auf die entsprechende Anfrage der Leiterin der Li-

13 Der »kurze biographische« Text wurde von Uwe Johnson für diese Anthologie auf Englisch geschrieben. Er lautet:
»Born in 1934, he was for the present counted among the subjects of Hitler's Greater German Reich. When the Soviets took over their part of Germany, they considered him one of the natives in their occupation zone. In 1949 they had this changed into a German Democratic Republic and a citizenship bestowed on Mr. Johnson. Having examined this award at two universities and in three years of wandering, he gave it up in 1959 and went to live in West Berlin. This made him a native once again, in the American Sector of that city. The countries east of it refused to acknowledge the passport the Federal Republic of Germany had been permitted to lend to him; the countries on the other side of the fence accepted him as a German with valid papers. In 1961 he took up the invitation of the USA for the first time; after another visit in 1965 he returned there in 1966, to stay for more than two years in order to prepare the ground for a book about the life of a person called Gesine Cresspahl, born 1933 in Germany and currently residing and working in New York City. In the German version, some fourteen hundred pages of this undertaking have been published. Mr.

zenz-Abteilung seines Verlags antwortete Uwe Johnson mit einem Brief an die von ihm sehr geschätzte Helene Ritzerfeld: »Wie gern sähe ich mich in der Lage, unbedenklich sagen zu dürfen: ja. Aber ich habe diesen Text im Juli 1978 in eine Anthologie *Deutschland, Deutschland* des Salzburger Residenz-Verlages gegeben, und leider steht in dem entsprechenden Vertrag:

§ 3

Der Verfasser räumt ferner dem Verlag (...) in jeder möglichen Verwertungsart sämtliche Nebenrechte ausschließlich ein, (...)

was ich hätte streichen sollen, versteht sich. Nur ging es damals etwas wirbelig zu in der Umgebung meines Schreibtisches, und die Sache wurde obendrein vergessen. So gründlich, dass ich die Wahrheit zu schreiben glaubte, als ich Siegfried Unseld den selben Text vorschlug für die damals ›M.L.A.-Anthologie‹ genannte Sache mit der Bemerkung, er sei ›zum ersten Mal in einer Zeitung abgedruckt worden‹, als sei das alles. Die ganze Wahrheit wäre eher gewesen, dass er auch bei Residenzens in Salzburg schon gestanden hatte, was mir entweder entfiel, weil dieser Vorgang ohne förmlichen Vertrag[14] abging, oder wegen meiner Meinung, eine Begrüssungsgabe für einen Kongress der M.L.A.-Association sei etwas Internes. An die schlimme Wahrheit (frei nach Konrad Adenauer) wurde ich erinnert durch ein Schreiben aus Salzburg, datiert den 26. Juni 1981 (...) mit dem Ersuchen, den Text dem Verlag Volk und Welt, Ostberlin, für eine geplante Anthologie namens *B.R.D. und Westberlin heute* zu

Johnson, occupied with the four hundred pages to conclude the project, has recently been issued a fresh passport of the Federal Republic of Germany, with the tacit sufferance of the German Democratic Republic, as if he had been a citizen of the country all the time, although he never lived there. One of the reasons seems to be that Mr. Johnson makes his home now, as a German, in England. The English authorities list him as a ECC resident.

There are literary critics who hold him to be a specialist on a few aspects of the so-called German question. Privately, he likes to throw doubt upon this.

Hobbies: WQXR, I.R.T.«

Die I.R.T. ist übrigens in den *Jahrestagen* auch die von Gesine Cresspahl bevorzugte Linie unter New Yorks U-Bahnen.

14 Ein Vertrag mit dem Residenz-Verlag, ausgestellt am 14. Juli 1978, befindet sich allerdings im Nachlaß.

überlassen. Seufzend sagte ich mir, das Geschehene scheine unabänderlich, und stimmte mit einen Brief vom 30. Juni zu, habe aber damit den Vertrag mit Residenzens wohl erst recht zementiert. Dann kam, zugleich mit Ihrem Brief, ein Exemplar von *contemporary german writers and poets,* Boston, worin ich mit Erstaunen den Vermerk ›(c) 1981 by Suhrkamp/Insel Publishers Boston Inc.‹ erblicke und erkenne, dass ich den Suhrkamp Verlag in ein Unrecht gesetzt habe. Da möchte ich schnellstens heraus, und bitte um Ihren Rat.«[15]

Ach! Sie sind ein Deutscher, ein für afrikanische Studenten geschriebener »Versuch« von knapp zwei Typoskript-Seiten, ist der einzige Text, der zu Lebzeiten des Autors in der DDR veröffentlicht werden konnte, und zwar in der Anthologie *BRD heute – Westberlin heute*[16], allerdings ohne jeden Hinweis darauf, daß der Autor einmal in der DDR zu Hause gewesen war.

Die zweite Geschichte, *Ein Vorbild,* wurde im Herbst 1978 auf Einladung von Nicolas Born in Sheerness-on-Sea geschrieben. Gemeinsam mit Jürgen Manthey und Delf Schmidt hatte Born die Redaktion für Heft 10 von Rowohlts *Literaturmagazin* übernommen, das im Februar 1979 unter dem Leitthema »Vorbilder« erscheinen sollte. Uwe Johnson hatte die Geschichte, in der von einem ungewöhnlichen Netzwerk erzählt wird, das hilfsbereite Inselbewohner für den verunglückten Nachbarn Jonathan aufbauen, am 24. Oktober 1978 beendet, danach das Ganze noch einmal abgeschrieben und an den Rowohlt Verlag nach Hamburg geschickt. Dabei griff er auf eine Episode zurück, die er in ihren Grundzügen bereits zwei Jahre zuvor dem Schriftsteller Hans Joachim Schädlich in einem Brief geschildert hatte.[17] Ihm versicherte Uwe Johnson mit

15 Aus einem Brief an Helene Ritzerfeld vom 12. August 1981.

16 Vgl. C. Hirte/H. Loeper/I. Quast/D. Simon (Hg.), *BRD heute – Westberlin heute,* Berlin-Ost 1984^2, S. 209-210.

17 Im Sommer 1976 war es neben Günther Grass vor allem Uwe Johnson, der Hans Joachim Schädlich gegen alle »Erwägungen der Vernünftigkeit« bestärkt hatte, seiner »Vorliebe für das Schreibhandwerk« rigoros zu folgen. Das geschah zu einer Zeit, als

einiger Emphase, daß Jonathans Geschichte kein Einzelfall auf der Insel sei. Er jedenfalls wüßte keine Gegend, in der man so verläßlich auf Freundschaftsdienst und Solidarität setzen könnte wie auf der Isle of Sheppey. Wie in einer »moralischen Utopie« käme er sich hier vor. Obwohl Uwe Johnson gleich im nächsten Brief an Hans Joachim Schädlich die offenbar allzu idyllischen Eindrücke seiner brieflichen Schilderung zu relativieren suchte (vgl. *Kein Einzelfall II*), in der veröffentlichten Geschichte von Jonathan blieben alle Momente dieser »moralischen Utopie« ungebrochen aufbewahrt.

Die dritte Geschichte, *Ein unergründliches Schiff*, entstand aus einer Auftragsarbeit. Siegfried Unseld hatte für einen »Jubiläumsband«, den Band 1000 der *edition suhrkamp*, Jürgen Habermas als Herausgeber gewonnen. Den damaligen Leiter des Max-Planck-Instituts zur Erforschung der Lebensbedingungen der wissenschaftlich-technischen Welt beschäftigte bei dem Unternehmen eine historische Assoziation: die Erinnerung an eine zwei Jahre vor Hitlers Machtergreifung unter dem Titel *Zur geistigen Situation der Zeit* publizierte, »breitenwirksame« Zeitdiagnose von Karl Jaspers. Sie war 1931 als Band 1000 der *Sammlung Göschen* erschienen. Der entsprechende Band der *edition suhrkamp* sollte, freilich in Anführungszeichen – als »(ironisches?) Zitat« –, denselben Titel tragen.[18] So wandte sich Jürgen Habermas Mitte Juni 1978 an eine Gruppe von etwa fünfzig Intellektuellen von Urs Jenny bis Uwe Johnson mit der Bitte, sich von dem Jaspersschen Traktat zu einer Stellungnahme auf die eigene Situation »reizen« zu lassen. Er könne sich beispielsweise zeitdiagnostische Rückblicke auf politische, ge-

der Sprachwissenschaftler Schädlich noch in der Rotkäppchen-Straße im Berliner Osten wohnte und beim Staatssicherheitsdienst der DDR im »*operativen Vorgang Schädling*« aktenkundig geworden war. Vgl. Hans Joachim Schädlich, *Jeder ist klug, der eine vorher, der andere nachher*, in: Hans Joachim Schädlich (Hg.), *Aktenkundig*, Hamburg 1993, S. 166-172.

18 Vgl. Jürgen Habermas (Hg.), *Stichworte »Zur geistigen Situation der Zeit«*, Frankfurt am Main 1980, S. 7.

sellschaftliche, intellektuelle Nachkriegsentwicklungen, Analysen der Rechtsprechung des Bundesverfassungsgerichts, der Hintergründe des Terrorismus, Kommentare zum Herbst in Deutschland, zum »Mut zur Erziehung«, zur Bedeutung neopopulistischer Strömungen, Thesen zum »Ende« der avantgardistischen Kunst, zum »Russell-Tribunal« vorstellen, so umriß Jürgen Habermas den »Spielraum möglicher Reaktionen«. Das, womit er und die Adressaten seines Schreibens sich identifiziert hätten und weiter identifizieren könnten, werde seit einem halben Jahrzehnt von einer »Neuen Rechten« militant in Frage gestellt. Sie habe sich eher in Pädagogik und Lehrerbildung, eher in den Sozialwissenschaften und der Philosophie, eher in der Kulturpolitik und in den Massenmedien als in Literatur und Kunst formiert. Alles in allem, so Jürgen Habermas' Befund, habe die Linke kleinlaut darauf reagiert. Ihre Manifestationen wären eher dazu angetan, eine Mentalität zur Schau zu stellen, als eine Argumentationslage zu verändern. Gleichwohl erschien es ihm sinnvoll, »unsere Reaktionsfähigkeit auf eine nicht ganz triviale Weise zu testen.«[19] Etwas Programmatisches zur Situation der Bundesrepublik am Ende der siebziger Jahre war also für den Jubiläumsband gefordert.

»S. S. Richard Montgomery« und die Adresse von Jürgen Habermas notierte sich Uwe Johnson auf dessen Aufforderungsschreiben vom 15. Juni 1978. Der Name des in der Themsemündung in Sichtweite des eigenen Hauses gesunkenen Munitionstransporters war zunächst auch der Arbeitstitel seines Beitrags. Allerdings rankt sich das Wurzelgeflecht der Geschichte weniger um den Namenspatron des Schiffes als um den Namen der Baureihe und deren »Baumeister«, den industriellen Kriegsgewinnler Henry J. Kaiser. Dem Musterbeispiel einer amerikanischen Karriere vom Laufjungen mit anderthalb Dollar pro Woche zum zweieinhalbfachen Milliardär war Uwe Johnson am 25. August 1967 in New York schon einmal begegnet. Die *New York Times* hatte, so ist in *Jahrestage. Aus dem*

19 Vgl. Jürgen Habermas, a.a.O., S. 8.

Leben von Gesine Cresspahl zu lesen, »unter den nationalen Nachrichten« auf den Tod des Großindustriellen hingewiesen und »seinem Andenken über zweihundert Zeilen« gewidmet. Fünfeinhalb Zeilen werden diesem Prototyp einer amerikanischen Bilderbuchkarriere an »seinem« Jahrestag in der Erinnerung von Gesine Cresspahl reserviert; der »Baumeister« selbst, dem die *New York Times* eine ganze Seite eingräumt hatte, bleibt namenlos.[20] Sieben Jahre später begegnete Uwe Johnson ihm in Gestalt der Richard Montgomery vor seiner Haustür wieder. Henry J. Kaiser hatte dieses Kriegsschiff der Liberty-Baureihe auf einer seiner Werften in Richmond/California herstellen lassen. Während der letzten Tage des Zweiten Weltkrieges wurde es vor Sheerness auf Grund gesetzt und zerbrach. Auf der Werft war es aus Gründen der Produktionssteigerung wie der Profitmaximierung nicht mehr zusammengenietet, sondern nur noch innerhalb von 48 Stunden zusammengeschweißt worden. Von Richmond/California lassen sich leicht einige der von Uwe Johnson geschätzten assoziativen Erzählfäden – geographische wie literarische – über Richmond/New York nach Richmond/Greater London spinnen. Zwischen den Bestimmungsorten Richmond/New York auf Staten Island und Manhattan pendelt die »South Ferry«, jene von Marie Cresspahl geliebte Fähre. In Richmond/Greater London, etwa eine Stunde von Sheerness entfernt, proben Gesines Eltern, Lisbeth Papenbrock und Heinrich Cresspahl, zu Beginn der dreißiger Jahre im Kosmos der *Jahrestage* miteinander zu leben, bevor sie ins Nazideutschland zurückkehren und heiraten.

Die Munitionsschiffe der Liberty-Baureihe aus Richmond/California, von denen Uwe Johnson erzählt, beuten den Traum von der noch nicht erreichten Freiheit kommerziell aus. Freiheit wird hier zur Miniatur, so wie ihr amerikanisches Sinnbild, die Liberty-Bell aus Philadelphia, zum Imitat der Freiheitsglocke aus dem Schöneberger Rathaus in der Berliner Porzellanmanufaktur verkommt.

Mündlich erzählte Uwe Johnson öfters von dem Wrack in der

20 Vgl. Uwe Johnson, *Jahrestage. Aus dem Leben von Gesine Cresspahl,* Frankfurt am Main 1970-1983, Bd. I, S. 25.

Themse. Schriftlich erwähnte er es zum ersten Mal Anfang Dezember 1974 in einem Brief an Rudolf Augstein. Das Ehepaar Augstein wurde damals von ihm zu einem Besuch nach Sheerness eingeladen, um das Gefährdungspotential selbst in Augenschein zu nehmen: »Als ob es hier keine Flutgefahr gäbe! Gibt es. Vor einundzwanzig Jahren stand das Wasser sechs Fuss hoch in den Häusern, und vorigen Dezember wäre die Stadt fast wieder dran gewesen. Gibt es einen Trost im Unglück, auch hier? Gibt es. Zweieinhalb Meilen vom Ufer liegt ein im April 1945 gesunkener Munitionsfrachter, an den traut sich keine Bergungsfirma; wenn der hochgeht, fällt von den Häusern mehr weg als bloss zehn Fuss, und man wird die Bewohner wohl kaum mit Ruderbooten aus ihren Schlafzimmerfenstern retten können. Könnte man darüber nicht auch ein paar Worte verlieren? Kann man. Aber ihr solltet es euch lieber ansehen.«[21] Fast zwei Jahre später verlor Uwe Johnson dann doch »ein paar Worte« darüber und schrieb zwischen dem 13. und dem 26. September 1978 in Sheerness einen ersten Entwurf über »die grosse alte Dame der Themse«, von Bewohnern der Insel als »unsere einzige Sehenswürdigkeit« umschwärmt. Als er die Abschrift der Geschichte am 5. Januar 1979 abgeschlossen hatte, notierte er resigniert in sein Kalendarium: »›Montgomery‹ fertig. Aber eben ins Leere geschrieben.« Sein Unbehagen ist noch aus dem Begleitbrief zu spüren, mit dem er *Das Schiff* wenige Tage später an Jürgen Habermas schickte. »Zum ersten Mal lese ich Ihren Brief vom 15. Juni 1978 wieder und begreife, dass ich mir von ihm vornehmlich den ›Spielraum‹ gemerkt habe. Wahrscheinlich ist das ein Grund, warum mein Beitrag zu dem Tausendsten Band der edition suhrkamp, beiliegend, doch wohl aus dem von Ihnen gezogenen Rahmen fällt. Wenn Sie mir die Sache also zurücksenden mit dem Vermerk ›Thema verfehlt‹, werde ich das zuverlässig als verdient empfinden.«[22] Nur ein Bescheidenheitstopos, oder hatte Uwe Johnson Schwierigkeiten vorausgeahnt? Hin- und hergerissen zwischen der Bewunderung für das Stück lite-

21 Aus einem Brief an Rudolf Augstein vom 6. Dezember 1974.
22 Aus einem Brief an Jürgen Habermas vom 8. Januar 1979.

rarisch bearbeiteter Zeitgeschichte und der Enttäuschung darüber, daß sich von der »Liberty« Fäden leicht in die UdSSR und USA, aber nicht nach Deutschland, geschweige denn zur Bundesrepublik der siebziger Jahre ziehen ließen, schob Jürgen Habermas die Entscheidung über die Aufnahme des Beitrags zunächst auf. Noch einmal wies er auf den Ausgangspunkt seines Unternehmens hin, das Anlaß bieten sollte, über »unser kompliziertes Vaterland« nachzudenken, und erbat einen anderen Beitrag. Bis dahin wollte er das abgelieferte Stück aber festhalten. Unter keinen Umständen sollte Uwe Johnson in der Sammlung fehlen. Der aber schrieb einen Monat später an Jürgen Habermas: »Ihre Erwartung, ich würde bis Anfang Mai einen anderen Versuch einreichen, muss ich, zu meinem Bedauern, enttäuschen. Denn bis zu eben jenem Termin bin ich durch unser aller Siegfried Unseld (und die Universität Frankfurt) verpflichtet, so genannte ›poetische‹ Vorlesungen vorzubereiten. Das ist für mich ein steiniges Feld, in dem ich so langsam vorankomme (denn ich muss einen Hakenpflug benutzen, statt eines motorisierten), dass mir andere Beschäftigungen versagt sind. Ich bitte also um Entschuldigung dafür, dass es beim ›Hauptverlesen‹ für mich heissen wird: Fehlt!«[23] Ende März bot Uwe Johnson daraufhin eine leicht erweiterte Fassung seiner Geschichte unter dem Titel *Ein unergründliches Schiff* dem *Merkur* an. Der Herausgeber der »Deutschen Zeitschrift für europäisches Denken«, Hans Schwab-Felisch, bestätigte ihm postwendend, daß die Geschichte von dem Wrack der Richard Montgomery zum Druck angenommen worden sei. Zuvor hatte Hans Schwab-Felisch vereinbarungsgemäß Jürgen Habermas angerufen, der bekräftigte seinen Standpunkt noch einmal: Uwe Johnsons Arbeit passe nicht in das Konzept des Jubiläumsbandes. Anfang Juli, die überarbeitete Fassung war im Juniheft des *Merkur* bereits publiziert, überraschte Jürgen Habermas Uwe Johnson mit der Mitteilung, er habe sich als Herausgeber die Freiheit genommen, dessen Essay als »End- und Höhepunkt un-

23 Aus einem Brief an Jürgen Habermas vom 13. Februar 1979.

seres Bandes zu verwenden«.[24] Es erschien nun dem Herausgeber angemessen, einen Band, der mit Martin Walser beginnt, mit Uwe Johnson enden zu lassen. Warum letzterer aber die Druckfahnen seines Essays, die er mit gleicher Post vom Verlag erhielt und fünf Tage später wieder zurückschickte, nicht im Sinne der überarbeiteten Version korrigierte, bleibt sein Geheimnis. Die beiden Versionen der Geschichte erschienen so fast zeitgleich; zuerst als *Ein unergründliches Schiff* im *Merkur* und danach als *Das Schiff* im tausendsten Band der *edition suhrkamp*.

Mit der Herbstnummer 1979 wollte die Redaktion von *Granta*, einer Vierteljahresschrift der Universität Cambridge, einem englischen und amerikanischen Publikum die deutschsprachige Literatur der Gegenwart vorstellen. Uwe Johnson wurde um einen in diesen Ländern bisher unveröffentlichten Text gebeten. Von Michael Hamburger habe man erfahren, er wohne in England und habe gerade eine Erzählung über ein Munitionsschiff abgeschlossen. Ob »diese Sache« noch »frei« wäre, wollte man wissen. Als Uwe Johnson seinen Beitrag an die angegebene Adresse im King's College von Cambridge schickte, fügte er ein Verzeichnis der englischen Original-Zitate für den Fall bei, daß sie ihn »durch Übersetzung Ihrer ›deutschen‹ Nummer einverleiben wollen«.[25] Das war als Arbeitserleichterung für seinen Freund Michael Hamburger gedacht, den er der Redaktion zugleich als Übersetzer vorschlug. Erschienen ist die Übersetzung allerdings nie. (Uwe Johnsons Anmerkungen zu *Ein unergründliches Schiff* wurden in diesem Buch vom Herausgeber um jene englischen Original-Zitate ergänzt.[26])

Wie aber hatte Michael Hamburger von der Geschichte über das Wrack der Richard Montgomery erfahren? Am ersten Tag des Jah-

24 Aus einem Brief von Jürgen Habermas an Uwe Johnson vom 4. Juli 1979.

25 Aus einem Brief an Michael Hoffmann vom 1. Juli 1980.

26 »(Leider fehlen zwei, sind aber so deutlich in Behördensprache gehalten, dass eine Rekonstruktion sowohl leicht als auch unschädlich ausfiele.) Ob die Anmerkungen im Text oder am Ende angeführt werden sollen, oder ob sie zwecks Erleichterung der Produktion überhaupt wegfallen können, das stelle ich anheim.« So Uwe Johnson in dem o. a. Brief an Michael Hoffmann.

res 1979, als Uwe Johnson damit beschäftigt war, *Das Schiff* noch einmal zu überarbeiten, besuchte der Lyriker, Übersetzer und Literaturwissenschaftler zusammen mit seiner Frau sowie Günter und Marianne Kunert die Familie Johnson in der Marine Parade. Bei dieser Gelegenheit hatte Uwe Johnson ihnen von der im Fahrwasser tickenden Zeitbombe erzählt. Gemeinsam mit seiner Frau Marianne war Günter Kunert in England als »writer-in-residence« an der University of Warwick. Ursprünglich hatte man Uwe Johnson gebeten, als Gastdozent ans German Department der Universität zu kommen; der hatte im Sommer 1974 abgesagt und Günter Kunert vorgeschlagen.[27] Unterwegs nach Warwick, hatten die Kunerts während eines schrecklichen englischen Winters, in dem sie ständig froren und erkältet waren, für einen Tag in Sheerness ihren Besuch abgestattet. Die Eindrücke dieses Tages hat Günter Kunert in seinem *Englischen Tagebuch* festgehalten: »1. Januar 1975
(...) ein menschenleeres Küstenstädtchen, das, in seinem Zentrum um eine wildverschnörkelte, säulenhohe Gußeisenuhr gelagert, sich hauptsächlich an einer Mole und diese wiederum an einem steinigen Strand ins Endlose erstreckt. Die Endlosigkeit nennt sich ›Marine Parade‹, besteht aus den stets einstöckigen aneinandergeklebten Häusern, durch nichts sonst ausgezeichnet als durch die junge Mitbürgerschaft eines deutschen Schriftstellers in Nummer 26. Hinter dem Parterrefenster steht er wartend, was wir beim Näherkommen erkennen, um noch vor unserem Klingeln schattenhaft und hastig zu verschwinden. Doch kaum hat man den Knopf gedrückt, öffnet er sofort die Tür, deren Rahmen er, körperlich unübersehbar, zur Gänze ausfüllt. Karg möblierte Räume, alles renoviert; vom ersten Stock bietet sich einem ein sinistres Panorama: eine eintönige Wasserfläche, fern am Horizont, damit der Blick einen Halt finde, mit einem Tanker oder Frachter ausgestattet. Mitten in der spiegelnden Vertikale eine Markierung, eine Boje, wo 1945 ein amerikanischer

27 Der Absagebrief Uwe Johnsons an R. Hinton Thomas vom 5. Juni 1974 ist veröffentlicht in: Keith Bullivant (Hg.), *Englische Lektionen. Eine andere Anthologie deutschsprachiger Gegenwartsliteratur*, München 1989, S. 60.

Munitionstransporter unterging, der, wie erst kürzlich japanische Taucher konstatierten, nicht zu bergen ist. Würde er explodieren, flöge ganz Sheerness in die Luft. Doch hat niemand vor dem Kauf des Hauses den Käufer, Herrn Uwe Johnson aus Berlin-Friedenau, über diesen Umstand informiert. Doch er hat jedenfalls berichtet davon mit solcher Genugtuung, fast mit Vergnügen, als hätte er mit dem Kaufpreis auch ein notfalls einklagbares Recht auf die Katastrophe erworben. Jemand, der gern auf einem Vulkan lebt; das kann aber nicht der Grund seines Umzuges gewesen sein. Und seine Erklärung, hier sei er wenigstens telefonisch ungestört, ist wohl eher spaßig gemeint. (...)
Bald brechen wir auf. Mr. Johnsons Stimme ist tiefer und nachdrücklicher, sein Blick fixierender geworden. Sechs Uhr: In siebenunddreißig Minuten fährt unser Kurzzug heimwärts. Wir winken kräftig vom Bürgersteig zurück, zur Familie auf der obersten Eingangsstufe, die Familie winkt ebenfalls, wir setzen uns in Bewegung, uns fortwährend umdrehend, wieder winkend, das Winken von Elisabeth hält an, Uwe hat es längst aufgegeben, ragt nur noch als starrer Koloß neben ihr in die englische Atmosphäre, um nach unserem endgültigen Fortgang umzufallen und möglicherweise dabei in einige wenige große Teile auseinanderzubrechen.«[28] Mit der Metapher vom starren Koloß, der merkwürdig gern auf einem Vulkan lebt und nach dem Abschied – im Möglichkeitssinn des Gastes – seine Haltung verliert, umstürzt und auseinanderbricht, wird auf jene Arbeitskrise angespielt, in der die Besucher Uwe Johnson wohl angetroffen hatten.

Am 8. Januar 1979, nachdem Uwe Johnson das Typoskript von *Ein Schiff* nach Frankfurt geschickt hatte, fiel unvermittelt die Entscheidung, die *Jahrestage* zu Ende zu schreiben. Diese Peripetie seines Lebensromans geschah vor allem aus Trotz; »Plötzlicher Entschluß: Jahrestage fertig machen. Den anderen Spass gönne ich ihnen

28 Günter Kunert, *Ein englisches Tagebuch*, hier zitiert nach der TB-Ausgabe, München 1980, S. 31.

nicht.«[29] Niemandem wollte er den Triumph gönnen, auf ein Fragment gebliebenes Lebenswerk verweisen zu können. Keine Spur mehr von Resignation, allen Begleitumständen zum Trotz wurde der Wille formuliert, jene Schreibarbeit abzuschließen, an die er bis an sein letztes Lebensjahr gefesselt bleiben würde. In rascher Folge entstanden danach die beiden *Schultafel*-Texte[30], als Glückwunsch zum vierundsechzigsten Geburtstag des Malers Hann Trier, die *Rede zur Verleihung des Thomas-Mann-Preises*[31] und die ersten Seiten der von Siegfried Unseld »bestellten« *Frankfurter Vorlesungen.* Zum ersten Mal wieder »fast zufrieden« mit dem Geschriebenen zeigte sich Uwe Johnson bei dem Geburtstagsgruß vom 11. Januar 1979 an Hann Trier. Der andere Text über den Maler, die Ende Februar entstandene Prosaskizze *Photographie der Schultafel,* hätte auch in die Sammlung der Inselgeschichten gepaßt. Erzählt wird von der Umständlichkeit, mit der in Barries Laden, einem Photogeschäft in der High Street von Sheerness, zwei Lichtbilder von einem Gemälde Hann Triers für dessen Werkkatalog hergestellt werden. Über Gebühr lange dauert dann auch die Auslieferung der längst bezahlten Abzüge an Uwe Johnson, den der Lichtbildner Barries schließlich als Urheber des Bildes ansieht, als Maler also, und ihn wie einen »jungen Berufskollegen oder Zunftbruder« behandelt. Da diese Prosaskizze ebenso wie die andere *Schultafel*-Geschichte vor allem zu Ehren des Freundes Hann Trier geschrieben wurde und sie überdies leicht zugänglich[32] ist, wurde darauf verzichtet, die *Photographie der Schultafel* hier noch einmal abzudrucken.

Die vierte Geschichte, *Seien Sie vielmals bedankt,* resultierte wieder

29 Eintrag Uwe Johnsons am 8. Januar 1979 in sein Kalendarium.

30 Vgl. Uwe Johnson, *»Schultafel«. Hann Trier zum vierundsechzigsten Geburtstag,* in: Eberhard Fahlke (Hg.), *Uwe Johnson. Porträts und Erinnerungen,* Frankfurt am Main 1988, S. 83-86.

31 Vgl. Uwe Johnson, *Lübeck habe ich ständig beobachtet,* in: Eberhard Fahlke (Hg.), *»Ich überlege mir die Geschichte ...« Uwe Johnson im Gespräch,* Frankfurt am Main 1988, S. 79-85.

32 Vgl. Uwe Johnson, *Photographie der »Schultafel«,* in: Eberhard Fahlke (Hg.): *Uwe Johnson. Porträts und Erinnerungen,* a.a.O., S. 87-91.

aus einer Auftragsarbeit. Am 1. April 1980 wandte sich der Leiter des Ressorts mit dem schönen Namen »Modernes Leben« bei der Wochenzeitung *Die Zeit,* Haug von Kuenheim, an Uwe Johnson und erbat einen Beitrag von etwa fünfeinhalb Schreibmaschinenseiten. Das Ressort wollte eine Artikelserie, in der Schriftstellerinnen und Schriftsteller über Menschen schrieben, die in ihrem Alltag vorkämen, veröffentlichen. Das könne ein Nachbar sein, der Briefträger, ein Kind oder ein Lehrer – kurz ein Mensch, der Uwe Johnsons Phantasie beschäftige. Schön sei es, so der Ressortchef, wenn Uwe Johnson jemanden porträtiere, der wirklich existiere. Es könnte sich aber, fügte Haug von Kuenheim eher pflichtschuldig als überzeugend hinzu, durchaus auch um eine fiktive Person handeln. Mit dieser »Einladung zu phantastischen Mitteilungen aus dem Alltag« habe er sich redlich geplagt, antwortete Uwe Johnson drei Wochen später: »Denn in der letzten Zeile wiesen Sie hin auf die Möglichkeit, Ihr Vorhaben ›absurd‹ zu finden. Zum anderen, Ihr Vorhaben war datiert den 1. April ... Was ich gegen solche Hindernisse zustandebrachte, es mag von Ihnen das Zeugnis bekommen, das Thema sei verfehlt. Sollten Sie es brauchen können, so wäre noch zu besprechen, dass es um fast eine Seite länger ist als Sie ›denken‹. Sollte das eine vorgeschriebene Grenze sein statt einer flexiblen, so bitte ich Sie, den dritten Absatz zu streichen.«[33] Wieder drängt sich die Frage auf: Bescheidenheitstopos oder tatsächlicher Skrupel?
Haug von Kuenheim jedenfalls meinte, Uwe Johnson habe »keinesfalls« sein Thema verfehlt. So wurde der Text ungekürzt in der *Zeit* vom 13. Juni 1980 veröffentlicht.[34] Eine »verabredete Gewohnheit«, die Art, wie die Menschen auf der Insel einander danken, steht im Mittelpunkt dieser Geschichte. Indem er eine ihrer Höflichkeitsformen eingehend beschrieb, konnte Uwe Johnson diskret von »Leuten seines Alltags« erzählen, ohne ihre Geheimnisse preiszugeben oder ihre Reputation zu schädigen. Die wesentlichen Teile

33 Aus einem Brief an Haug von Kuenheim, Redaktion *Die Zeit,* vom 22. April 1980.
34 In der nächsten Ausgabe der *Zeit* vom 20. Juni 1980 erschien übrigens Günter Kunerts Beitrag *Stückwerk.*

dieser Geschichte hatte er am 21. April 1980 in einem Brief an Christine Jansen formuliert. Die Adressatin studierte Mitte der fünfziger Jahre an der Karl-Marx-Universität in Leipzig (unter anderem bei Hans Mayer im mittlerweile legendären Hörsaal 40)[35] Germanistik. Beide hatten sich dort kennen und schätzen gelernt. Wie mit vielen seiner Freunde und Bekannten aus der früheren DDR blieb Uwe Johnson auch mit ihr in Verbindung. Diesen Brief erhielt Christine Jansen gleich zweimal. Uwe Johnson hatte ihr zur Freude etwas aus England erzählen wollen, und gewiß auch, um wie bei vielen Briefen sich fürs Erzählen »warmzuschreiben«. Zwei Monate später fand sie den Brief leicht überarbeitet als Ausriß aus der *Zeit* im Briefkasten, wieder von Uwe Johnson persönlich an sie adressiert. Ein Brief lag dabei mit der Bitte um Nachsicht (vgl. *An mildernden Umständen wären noch anzuführen*). Mit der gleichen Diskretion, die Uwe Johnson gegenüber seinen Nachbarn in Sheerness wahrte, hat Christine Jansen zwölf Jahre später über die beiden Briefe berichtet und sie zum ersten Mal veröffentlicht.[36] Sie wurden vom Herausgeber auch in diesen Band übernommen.

Die fünfte Geschichte *[Bäume, Bäume]* schließlich war Uwe Johnsons Antwort auf eine Anfrage des Mahnert-Lueg Verlages aus München. Der auf die Produktion von Bildbänden spezialisierte Verlag hatte Anfang Juni 1979 einen Beitrag Uwe Johnsons zu einem »Baum-Buch« erbeten. In seinem eher als Absage konzipierten Brief vom 20. Juli 1979 an die Herausgeberin Karin Wittulsky erzählte Uwe Johnson dennoch einiges von »seinen« Bäumen. Als das Buch nicht wie vorgesehen im Herbst 1979 erscheinen konnte, wandte sich die Herausgeberin im Dezember noch einmal mit der Bitte an Uwe Johnson, seinen Brief abzudrucken, vielleicht sogar als eine Art Einleitung verwenden zu dürfen. Im Postskriptum fragte sie

35 Vgl. Hans Mayer, *Hörsaal 40*, in: ders., *Ein Deutscher auf Widerruf. Erinnerungen II*, Frankfurt am Main 1984, S. 94-116.

36 Vgl. Christine Jansen, *»Seien Sie vielmals bedankt!« Aus einem Briefwechsel*, in: Roland Berbig/Erdmut Wizisla (Hg.), *»Wo ich her bin...« Uwe Johnson in der D.D.R.*, Berlin 1993, S. 146-156.

nach, wie es weitergegangen wäre mit seinen Bäumen, ob die weiße Pappel hinterm Haus heimisch werden konnte. Am 12. Dezember 1979 erzählte ihr Uwe Johnson den Fortgang der Geschichte. Obwohl das »Baum-Buch« auch im Frühjahr nicht erschien und schließlich ganz aus dem Verlagsprogramm gestrichen wurde, hat der Herausgeber diese (noch nicht veröffentlichte) Geschichte dem ersten Teil der Sammlung eingegliedert, denn beide Briefe an Karin Wittulsky wurden – trotz des Understatements ihres Verfassers – im Bewußtsein einer möglichen Publikation geschrieben. Sie markieren den Übergang zum zweiten Teil der Sammlung, den bisher unveröffentlichten Texten.

Die Beobachtung, daß alle *Inselgeschichten* im Kern zunächst in Briefen erzählt wurden, hat den Herausgeber veranlaßt, in Uwe Johnsons Korrespondenz nach weiteren Beschreibungen, Szenen und Episoden zu suchen, die zu *Inselgeschichten* hätten ausgesponnen werden können. Auffällig ist dabei, daß sich solche Stellen fast ausschließlich in Briefen an Freunde und Bekannte fanden, die in der Schweiz, den USA, in der DDR lebten (bzw. früher dort einmal zu Hause waren). Den Freunden und Adressaten im Westen Deutschlands erzählte er nichts aus Sheerness, zumindest nicht in seinen Briefen. Neben Beschreibungen der Gegend und historischen Erläuterungen war Uwe Johnson vor allem an Mitteilungen aus dem Alltag gelegen.
Das sollte nicht darüber hinwegtäuschen, daß er ziemlich zurückgezogen in Sheerness lebte und häufig auf dem Kontinent, zuweilen auch in Amerika, unterwegs war. Seine Teilnahme am »gesellschaftlichen Leben« der Insel stellte eher die Ausnahme als die Regel dar, obwohl ein Bild von ihm in geselliger Runde in der Zeitung erschien, weil die Stammkundschaft des »Seaview« eine der in England beliebten Wohltätigkeitslotterien veranstaltet hatte. Bei der Übergabe des Schecks war er auf dem Photo im Kreise der Spender zu sehen (vgl. S. 151). Im Grunde jedoch blieb er den Menschen auf der Insel fremd. Wenig war ihm daran gelegen, als renommierter Schriftsteller bekannt zu sein. Verschenkte er einmal eines seiner

Bücher, dann nur mit dem ausdrücklichen Hinweis, daß man mit ihm nicht darüber sprechen möge. Weil er bei den Unterhaltungen sehr genau zuhörte, viele Fragen stellte und immer ein kleines Notizbuch mit sich führte, vermuteten einige sogar, er könnte ein Spion sein. Die meisten aber hielten ihn, weil er viel älter aussah, als er wirklich war, für einen Rentner, der sich auf die Insel zurückgezogen hatte. Damit war Uwe Johnson offenbar ganz zufrieden. Er wollte möglichst in Ruhe gelassen werden. Antreffen konnte man ihn allenfalls gegen Mittag im Café »Dauphin«, dem eigenen Haus schräg gegenüber, oder abends um die Ecke im »Seaview«-Hotel oder im Pub »Napier«. Dort versorgte er sich neben dem unerläßlichen Quantum an Alkohol auch mit *Inselgeschichten,* die er aus Gesprächen aufschnappte und niederschrieb. Deshalb ist es nicht verwunderlich, daß viele seiner »Charlie«-Geschichten im »Seaview« oder im »Napier« spielen. In diesem Pub wurde ihm im Dezember 1974 auch der Name »Charles« verliehen, wie Uwe Johnson während des Begleitseminars zu den *Frankfurter Vorlesungen* preisgab. Zu Weihnachten, nach etwa zweimonatigem Aufenthalt auf der Insel, hatte er abends an einer Bar gesessen, die er sich »so ausgesucht hatte unter den 114 Bars«, die es auf der Isle of Sheppey gibt. Zwei Männer waren da im Pub, die »wollten nicht nach Hause zu der ganzen Szenerie von Familienfest und Truthahnessen, die wollten lieber noch ein Bier trinken und etwas singen. Das taten sie. Worauf ich Ihnen mitteilte – das darf man schon –, die beiden gehörten ins Fernsehen. Worauf der Ältere, so an die Siebenundvierzig, einem unsichtbaren Publikum quasi vorführte: So sei das nun mal im Leben. Da säße man über Wochen an einer Bar mit einem Menschen und wisse seinen Namen nicht. Das sei wie ein Topf ohne Henkel – und hiermit taufe er mich Charles.«
Ein anderes Mal, so wußte Uwe Johnson weiter zu erzählen, sei eine junge Dame gekommen, »die hatte etwas zuviel getrunken und war auf meinen Namen begierig. Ich sagte ihr, mein Name sei Charles. Sie sagte, das könne sie mir nie und nimmer glauben. Ich sagte ihr, mein Name sei Charles. Sie möge doch die Herrschaften hier rundum fragen. Die sagten ihr: ›Sylvia, his name is Charles.‹ Aber

sie ließ nicht locker, so daß ich schließlich eingestehen mußte, ich sei ein finnischer Seemann. ›Ja ... und mein Name, mein Name?‹ Ich sagte: ›Wenn es sein muß, er ist Eikeohnei‹. Und sie fragte die anderen: ›Stimmt das?‹ Und die sagten: ›Ja, du hast es doch gehört, Sylvia. Sein Name ist zu schwierig für uns. Wir nennen ihn Charles.‹ Seitdem hat auch diese Dame aufgegeben und nennt mich heute Charles, wenn sie fragt, wie es mir geht. Das sind alles Dinge, die ich lieber nicht verloren gehen lassen möchte und deswegen gibt es zwar noch keinen Plan, aber eine Aussicht auf eine Zukunft mit Geschichten über diese Insel, die da aber nicht genannt werden wird.«[37]

Von welch zentraler Bedeutung die drei Lokalitäten, das Café »Dauphin«, das »Seaview«-Hotel und das Pub »Napier«, beim Sammeln und Aufschreiben von *Inselgeschichten* für Uwe Johnson waren, läßt sich aus dem Dialog-Protokoll vom 11. Januar 1979 *[18:30 bis 20:30]* ablesen (alle in eckige Klammern gesetzten Überschriften wurden wieder vom Herausgeber hinzugefügt). Dort und in der Lokalpresse fand er jene Szenen, die sich zu Mitteilungen, manchmal auch zu Erzählungen aus der alltäglichen Nachbarschaft eines Schriftstellers ausweiten konnten. Diesen Dialog wie auch die beiden Skizzen *Die alte Leichenhalle* und *In Loving memory of Major*, die den Band abschließen bewahrte Uwe Johnson in einem eigenen Aktendeckel wie in einer Stoffsammlung für *Inselgeschichten* auf. Während einer seiner Aufenthalte in der Schenke des »Seaview«-Hotels hatte er erste Dialogfetzen in einem kleinen Notizheft festgehalten, das er immer bei sich führte. Zu Hause, so muß man sich den weiteren Arbeitsvorgang vorstellen, hat Uwe Johnson, solange die Eindrücke noch frisch waren, dann aus diesen Notizen ein erstes Typoskript hergestellt, eine Keimzelle für späteres Erzählen. Anfang Januar 1975 schickte er diese Fassung von *18.30 bis 20.30* als eine Art »Arbeitsprobe« an Max Frisch, der ihn gerade in Sheerness

37 Das erzählte Uwe Johnson im Begleitseminar zur *Frankfurter Vorlesung* vom 14. Mai 1979.

besucht hatte: »Die andere Einlage, auch drei Seiten, zeige ich Ihnen als ein Beispiel für die Schlaglöcher, die ich auf Ihren Spuren wandelnd finde, nämlich wo Sie glatt und leichtfüssig dahingeschritten sind. Es war eine jämmerliche Geschichte, und selbstverständlich war die Natur des Todesfalles von vornherein offenbar, so dass mir gleich anfangs die Manipulation vorzuhalten wäre. Schwerer hängt mir ins Gewissen, dass ich schon hier meine, an eine Grenze angekommen zu sein. Denn ich mag diese Leute und habe ihnen obendrein dankbar zu sein für die Identität »Charlie« (für die sie sich weiterhin entschuldigen, für die aber ich, zwar bei Charles Lamb, eines der Vorbilder für den Jargon gefunden habe: »To the last he called me Charley, I have none to call me Charley now.«) (...) Die Geschichte ist wenig mehr als ein Test; es geht fast nur um die Bedenken.«[38] Ob Uwe Johnson aus den hier im zweiten Teil in der Art eines »Arbeitsjournals« versammelten Briefstellen weitere *Inselgeschichten* gestaltet hätte, mag der Spekulation überlassen bleiben. Sicher ist nur, daß sie mit Diskretion geschrieben worden wären.

Auf die ihm häufig gestellte Frage, was Literatur denn leisten könne, antwortete Uwe Johnson gern mit einem Zitat von Peter Suhrkamp: »Der Mensch wird immer neugierig sein auf die Nachbarn«, um dann von sich aus hinzuzufügen, Literatur vermittele Kenntnisse, Ansichten von unseren Nachbarn und auch ihre Ansichten. Literatur konserviere Lebenszeit, und man könne aus ihr lernen. In diesem Sinne gehören die *Inselgeschichten,* wie fragmentarisch sie auch immer geblieben sein mögen, zur Literatur.

38 Aus einem Brief an Max Frisch vom 13. Januar 1975.

Quellenverzeichnis

Ach! Sie sind ein Deutscher?, erschienen in: Die Zeit, Nr. 6 vom 3. 2. 1978, S. 38.
Ein Vorbild, erschienen in: Literaturmagazin 10, »Vorbilder«; Feb. 1979, S. 167-170,
[Kein Einzelfall], Brief an Hans Joachim Schädlich vom 3. Okt. 76
[Kein Einzelfall II], Brief an Hans Joachim Schädlich vom 26. Nov. 76
Ein unergründliches Schiff, zuerst erschienen in: *Merkur*, 1979, H. 6, S. 537-550.
Seien Sie vielmals bedankt, zuerst erschienen in: *Die Zeit* vom 13. 6. 1980, S. 68.
[Thank you], Brief an Christine Jansen vom 21. Apr. 80
[An mildernden Umständen wären noch anzuführen], Brief an Christine Jansen vom 21. Juni 80
[Bäume, Bäume], Brief an Karin Wittulsky vom 20. Juli 79
[Fortsetzung], Brief an Karin Wittulsky vom 12. Dez. 79
[Erkundungen], Brief an Max Frisch vom 4. Aug. 74
[In »Max Frischs Zimmer«], Brief an Max Frisch vom 31. Okt. 74
[Wegbeschreibung], Brief an Fritz J. Raddatz vom 4. Mai 77
[Von Sheerness weiss ich...], Brief an Alice u. Dorothy Hensan vom 13. Jan. 76
[What brought you to Sheerness?], Brief an Hannah Arendt vom 18. Dez. 74
[Die Esplanade, gleich vor dem Haus], Brief an Hannah Arendt vom 3. Aug. 75
[Schräg links gegenüber meinem Fenster], Brief an Lore und Joachim Menzhausen vom 29. Okt. 80
[Das Haus westlich von diesem], Brief an Burgel Zeeh vom 26. Aug. 82
[Warnung vor der Gegend], Brief an Hans Joachim Schädlich vom 7. Juli 78
[18.30 bis 20.30], Anlage zu einem Brief an Max Frisch vom 13. Jan. 75
[It's all in the mind, Charles], Brief an Erika Klemm vom 23. Sep. 75
[...aber keine Spur, Charlie!], Brief an Erika Klemm vom 24. Sep. 75
[Das ist der echte Charlie!], Brief an Erika Klemm vom 29. Sep. 75
[Das Seaview hat mich wieder], Brief an Erika Klemm vom 28. Okt. 75
[Da sitzen die Kerls], Brief an Erika Klemm vom 3. Nov. 75
[»Shempehn«], Brief an Erika Klemm vom 19. Nov. 75
[Die Hunde mögen mich nicht], Brief an Erika Klemm vom 31. Jan. 76
[Unfreiwillige Reise], Brief an Erika Klemm vom 4. Mai 77
[Nennen wir sie Dotty], Brief an Max Frisch vom 21. Juni 77
[Welcome back], Brief an Lore und Joachim Menzhausen vom 2. Sep. 78
[But why trust me], Brief an Manfred Bierwisch vom 21. Nov. 78
[Zwei Belege], Brief an Helen Wolff vom 29. Dez. 78
[What do you do for a living, Charlie?], Brief an Max Frisch vom 6. März 79
[Gute Idee, Charlie], Brief an Burgel Zeeh vom 4. Apr. 79
[Die beiden Charlies], Brief an Elisabeth Lobl vom 9. Okt. 79
[Vier Charlies], Brief an Alice und Dorothy Hensan vom 23. Okt. 79
[Tee für Charlie], Brief an Alice und Dorothy Hensan vom 5. Dez. 79
[Sehen Sie, Charles], Brief an Walter Kempowski vom 27. Okt. 1980
[Der Freund meiner späten Jahre, Charles], Brief an Alice und Dorothy Hensan vom 1. Apr. 81

[Damit Charles auch das Richtige aufschreibt], Brief an Heinz Lehmbäcker vom 16. Apr. 81
[Wie geht's denn allen so...], Brief an Antonia u. Felix Landgraf vom 31. Okt. 82
[Admiral Harvey], Brief an Sonja Richter vom 3. Dez. 83
[Deutsches mitten im Englischen], Brief an Walter Kempowski vom 3. Aug. 81
[Kent: »Englands Garten«], Brief an Rudolf Augstein vom 23. Apr. 79
[»Shakespeare of Sheerness«], Brief an Burgel Zeeh vom 25. Nov. 74
[Tage in Sheerness], Brief an Helen Wolff vom 6. März 79
[Wir sind hier Gäste I], Brief an Helen Wolff vom 6. Dez. 74
[Wir sind hier Gäste II], Brief an Helen Wolff vom 23. Dez. 74
[So reden wir I], Brief an Burgel Zeeh vom 27. Jan. 76
[So reden wir II], Brief an Alice und Dorothy Hensan vom 21. Nov. 78
[Aufenthaltserlaubnis], Brief an Hans Joachim Schädlich vom 18. Feb. 77
[Insulare Manieren], Brief an Helen Wolff vom 1. Juni 77
[Eingemeindet I], Brief an Alice und Dorothy Hensan vom 13. März 79
[Eingemeindet II], Brief an Helene Ritzerfeld vom 20. Dez. 75
[Eingemeindet III], Brief an Alice und Dorothy Hensan vom 15. Sep. 78
[Die Sheerness Times-Guardian I], Brief an Burgel Zeeh vom 16. März 78
[Die Sheerness Times-Guardian II], Brief an Christa Wolf vom 11. Feb. 83
[Brian – leider auch »Johnson«], Brief an Christa Wolf vom 16. Juni 81
[Die Katzen der Nachbarschaft I], Brief an Alice und Dorothy Hensan vom 17. Aug. 78
[Die Katzen der Nachbarschaft II], Brief an Erika Klemm vom 5. Juni 78
[Die Katzen der Nachbarschaft III], Brief an Antonia und Felix Landgraf vom 8. Mai 80
[Manchmal gelingt etwas], Brief an Antonia u. Felix Landgraf vom 29. Juli 80
[»Wendy«], Brief an Burgel Zeeh vom 20. Juli 79
[Einer meiner Freunde in Sheerness], Brief an Herrn Ogrowsky vom 5. Juli 82
[Die alte Leichenhalle], 29. Nov. 74
[In Loving Memory of Major], 1. Feb. 75